花间一壶酒

品味唐诗里的气度情怀

刘懿庭 著

廣東旅游出版社
GUANGDONG TRAVEL & TOURISM PRESS
悦读书·悦旅行·悦享人生
中国·广州

图书在版编目（CIP）数据

花间一壶酒：品味唐诗里的气度情怀 / 刘懿庭著. 一 广州：广东旅游出版社，2019.8（2025.1重印）

ISBN 978-7-5570-1920-4

Ⅰ. ①花… Ⅱ. ①刘… Ⅲ. ①唐诗－诗歌欣赏 Ⅳ. ①I207.227.42

中国版本图书馆CIP数据核字（2019）第135451号

花间一壶酒：品味唐诗里的气度情怀
HUA JIAN YI HU JIU : PIN WEI TANG SHI LI DE QI DU QING HUAI

出 版 人 刘志松
责任编辑 官 顺 何 方
责任技编 冼志良
责任校对 李瑞苑

广东旅游出版社出版发行

地　　址 广东省广州市荔湾区沙面北街71号首、二层
邮　　编 510130
电　　话 020-87347732（总编室） 020-87348887（销售热线）
投稿邮箱 2026542779@qq.com
印　　刷 三河市腾飞印务有限公司
（地址：三河市黄土庄镇小石庄村）
开　　本 710毫米×1000毫米 1/16
印　　张 14
字　　数 168千
版　　次 2019年8月第1版
印　　次 2025年1月第2次印刷
定　　价 59.80元

序

唐朝，一个古典诗歌发展的全盛时期，一个诗人云集的朝代。从初唐到中唐，再到晚唐，每个阶段都涌现出了许多著名的诗人，每位诗人都有着他们独特的性格特点和思想。他们将这些融入了作品中，变成了他们独特的诗风。诗人们可能并不曾想到，他们的诗会成为传世经典之作，影响了一代又一代人。他们可能也不曾想到，他们的诗句在成为传世经典的同时，也成为了文学史上的一个个标识。如今，我们读他们的诗作，研究他们性情的起伏变化，就等于在了解大唐的兴衰史。

一切事情都有起因，然后才会有经过和结果。唐朝从兴盛到衰败，这之间经历的一切，诗人们都看在眼里，记在心间，写在诗中。一首首经典的唐诗，豪放也好，细腻也罢，都体现了诗人们的真情实感。我们在阅读这些诗作时，能够了解到他们所生活的时代是什么样子，了解到他们经历了怎样的一生，也能了解到他们的思想变化。也是因为如此，大家才会认为熟读唐诗有助于研究唐代的政治、民情、风俗、文化等。

在人们的印象中，诗人都是感情丰富的人：或沉溺于风花雪月，不理世间疾苦；或心系天下苍生，立志造福百姓；或心中存有远大的抱负，一心想要征战沙场，保家卫国；或厌倦了尘世纷争，找一处僻静之所修身养性，潜心理佛参禅……本书的诞生正是为了帮助读者们更好地了解这些诗人的性情特点、内在品质，还有所处环境对他们性情的影响，以及他们的性情对诗作的影响；从而帮助读者们更好地理解他们的诗，了解他们所处的时代。

本书将重点放在对诗人性情的分析上。书中选取了唐朝诗人中比较有代表性的十二种性情，包括消极避世、豪放洒脱、独善其身、悲天悯人、愤世嫉俗、心系报国、浪漫多情、心忧天下、怀才不遇、寻道问佛、感时伤世和珍惜时光等，并选取了能够诠释他们各种性情的代表作，结合创作背景进行分析和解释，以便读者可以更好地体会和感受他们这些性情的主要表现。

全书共有十二章，每一章将一种性情作为主题，每一章里又有多个小节，每一节选取一首诗，运用清晰的结构、生动的文字向读者呈现出了当时国家的繁荣或萧条、百姓的喜乐或疾苦、社会的安定或动乱等；从而使读者更加理解诗人为何会有那样的性情，为何会写下那样的诗篇，以及诗人受到了社会环境怎样的影响等。在描写诗人的人生经历时，在平实的语言中融入了浓厚的情感，读起来十分能打动人心。

这是一本包含了唐朝诸多著名诗人的个人经历、人物性格，以及情感体验的书。希望想要了解唐朝诗人的生平和性情，了解唐朝历史、文化、政治的朋友，在读过这本书之后，能够获得不一样的体验。

目 录

第三章

独善其身，拒同流合污

第四章

心存悲悯，哀民生疾苦

第五章

心中悲愤，斥世间不平

第六章

心存远志，抒报国热忱

第十二章

时光飞逝，劝莫要蹉跎

第一章　远离尘嚣，避世间纷扰

但去莫复问，白云无尽时

《送别》王维

王维，字摩诘，生活于盛唐时期，以山水田园诗著名，是山水田园诗派的代表人物。此人艺术修养极高，在文学、绘画和音乐方面都颇有成就，后人称其“诗中有画，画中有诗”，“在泉为珠，着壁成绘”。

幼年的王维是幸运的，血统高贵，家境殷实，家教优良，有一位在朝中任乐官的父亲和一位信奉佛教的母亲。在文学、艺术和佛学的熏陶下，王维渐渐成长为才学出众、心境平和的少年。22岁时，王维考中了进士，此后，他的仕途开始变得坎坷，特别是安史之乱之后，王维的生活陷入了困境。仕途不顺，加之中年丧妻，让王维的内心开始焦虑，受到母亲信奉的佛家思想影响，他有了避世的念头，认为远离尘世，就可以得到内心的平静。当得知友人意欲归隐终南山时，他写下了这首《送别》，既表达了对好友的深情厚谊，也隐约透露了自己不满于现实，无奈悲愤，渴望归隐山林的心情。

送　别

下马饮君酒，问君何所之？

君言不得意，归卧南山陲。

但去莫复问，白云无尽时。

朋友，请停下你离去的脚步，从马上下来，与我喝一杯离别的酒。我问你要去哪里，你说，你看到了仕途的无望，决定不再强求。你说，你已选好了地点，就在那终南山边。你说，你打算找一处僻静之所住下，再也不会为求而不得的功名利禄而烦忧。听你这样说，我知道，不必再去追问，也不必对你挽留。既然你心已定，那便去吧。这样也好，毕竟世间的荣华富贵都不会长久，总有一天会顺水东流，而那山中的白云，却是无穷无尽，时见时新。有它们陪着你，你应该能安逸且不寂寞地度过数十载春秋。

白云，因其来去无踪、变幻无穷的特性，常被诗人们用来表达隐逸的情趣。这不难理解，毕竟在深山里，一年四季，最为常见的景物，除了白云，怕是再无其他了。

夏日里生机勃勃的芳草，入秋便会枯黄；秋日里热情洋溢的红叶，不等秋季过完就会飘落一地，最后化作腐泥；冬日里纯洁的白雪，春季一到就化作春水，消失得无影无踪；春日里潺潺的泉水，遇到暑季容易干涸，入了冬又会冻结成冰。唯有那蓝天白云、日出日落，是山中永恒的风景，无论哪一时节都不会突然消失。

白云总是陪伴着隐者而居，我们或许不会每天都看到它，它却时常会来看我们，或高或低，或显或隐，或远或近，所以唐朝诗人李商隐曾在《题道靖院，院在中条山，故王颜中丞所置，虢州刺史舍官居此，今写真存焉》一诗中直接将山头的云称为“隐士云”。

太阳遵循着世间规律，起与落都有定时，形态也始终固定，最多因为远近之差，或是因为云层薄厚差距，呈现得略显不同。云则不同，它想来时便来，想去时便去，且形态不定，时而成朵，时而成团，时而成片，时而成丝，时而成网……我们常用行云流水来形容自在，其实，流水远不及行云自在。

流水虽可自在奔流，却也需要循着山势或沟渠，山势高则湍，山势低则缓，山势曲则曲，山势直则直。那山间的条条沟渠约束着流水，令流水从一而终，不得逾越，若没了它们，流水也就没了形态。行云则不需要任何规划好的路线，想行去哪里，便行去哪里，没有任何人阻挡得了，这种随性，可不是一般的事物能够达到的。

天上的白云，因其颜色纯洁，便常被人们用来比喻高洁的品质、淡泊的性情。人生无欲则无求，无求则无忧、无恼、无悲、无怨、无恨，方才得自在。白云无欲无求，故随性漂泊，行得自在，来去无牵挂。人若淡泊名利，淡泊物质，淡泊欲望，就能如白云般不受约束。

南朝的陶弘景在梁武帝萧衍诏问他“山中何所有”时，曾以“山中何所有？岭上多白云。只可自怡悦，不堪持赠君”回应。自此时起，白云便成了归隐之人常用来明志的事物。而后，文坛上借白云而明高洁之志的作品也越发多了。比如杜甫的“上有无心云，下有欲落石”，柳宗元的“回看天际下中流，岩上无心云相逐”，杜牧的“远上寒山石径斜，白云生处有人家”等。

白云生处，远离尘世。那些喜欢与白云为伴、以白云明志的人，心中都渴望着一片净土，无须虚与委蛇，无须昧己瞒心，无须弃清附浊，无须以假面示人。有人说，这是懦弱，是逃避，是消极，若是真的性情高洁，就应该在浊流中恪守初心，岿然不动，怎可因为环境不合己意就逃走？可若是身处于浊流之中，想改变时世却有心无力，强行保持本色又处处碰壁，被打击得疲惫不堪，远离乱世隐居，岂非一个不错的选择呢？

请留盘石上，垂钓将已矣

《青溪》王维

王维的山水田园诗多以短小的篇幅、精美的语言、舒缓的节奏、自然的过渡令人读过之后心情舒畅。他的诗多是借景抒情，由景起，代入情，最后以情终，却从不会令人感到有丝毫的刻意，可以说是浑然天成。

唐玄宗开元十九年（731年），王维在朝中担任太乐丞一职，负责朝廷礼乐方面事宜。一次，有伶人在排练时舞起了黄色狮子，皇帝认为王维身在其职，难辞其责，于是将其贬为济州司仓参军。次年，仕途失意的王维去蜀地游览。当时正是秋冬时节，黄花川的青溪流水潺潺，又有周边景物恰到好处的相衬，如此美景，令王维见了心驰神往。

行走于山间水边，一步一景，王维的心中产生了触动。在他看来，这山中的恬淡自然，正是自己所喜爱的，也是自己心中一直向往的。清澈的溪水一如他此时的心境，干净透明，不求荣华，但求淡泊宁静。于是，便有了《青溪》这首五言古诗。

青　溪

言入黄花川，每逐清溪水。

随山将万转，趣途无百里。

每次来到黄花川，我都会跟随着那清清的溪水，一路前行。其实，需要走的路并不遥远，还不及百里，只是山路无比曲折，尽是弯弯绕绕，所以行走在其中，就让人不由得产生路途遥远的错觉。溪水也是如此，它一直沿着山势流淌，山势曲折，溪水也就一路曲折。

声喧乱石中，色静深松里。
漾漾泛菱荇，澄澄映葭苇。

一路景色多变，溪水的形态和声音也随着景色不断发生着变化。山间有乱石，溪水从上面经过，欢腾跳跃，发出喧闹的声响。然后，流入浓密的松林，浓浓的墨绿色一映入溪中，溪流便安静了下来，配合着松林的幽静，也显得松林更加的幽静。水中漂浮的水草，随着碧波轻轻地荡漾，好似有人在水面上悠然泛舟。岸边生有芦苇，芦苇的影子映入了溪水中，也随着水波轻轻地摇动。

我心素已闲，清川澹如此。
请留盘石上，垂钓将已矣。

我的心境素来是悠闲的，就和这清清的溪水一样澄净淡然。溪边的大石任凭溪水的冲刷，始终稳稳当当。我多希望能够坐在那大石之上，悠然地垂钓，慢慢地度过我以后的日子。

有些人喜欢观水，却并不喜欢江河湖海，而是喜欢山间的小溪。江河湖海广阔无垠，一眼不见边际，虽然大气，却让人缺乏安全感，心生畏惧。它们不拒绝人们的靠近，可一旦真的靠近了，又多少有些危险。大江东去浪淘尽，江河奔得总是那样匆忙，浪涛总是那样汹涌，一旦有人不慎落入其中，就会被立刻卷入，冲走，连一点喘息的时间都不给。海浪则更甚，喜怒无常的大海一旦扬起海浪，岸边的人很少有机会逃脱。即便是宁静的湖水，也有着深不见底的时候，谁也不知那下面掩藏着什么，或许是沉浸了多年的故事，或许是能将人拖入湖底的水草。

相比之下，小溪的性情柔和得多，活泼也好，安静也罢，都是那样的柔和，舒缓。即便是湍急的溪流，也不会让人感到恐惧慌乱。毕竟山间的溪水，清澈透明，清甜可口。潺潺的流水声，有时透着欢快，让人不由自主地想要随之奔跑、跳跃、哼起小曲；有时充满宁静，能够抚平心中的躁郁，让人的神经随之舒缓下来，渐渐归于平静。

清澈的溪水在山间自然地流淌着，时而湍急，时而缓慢，透着淡然随性。山路陡峭，它便流得湍急，不会内心慌乱，试图放慢脚步；山路平缓，它便流得缓慢，不会内心焦急，试图加快步伐。每一条溪流都是那样淡定，不强求，不忧虑，任由一切顺其自然。人心若能如此，无论身处何地，周遭明亮或是阴暗，温暖或是寒冷，路途顺畅或是坎坷，都不惧怕、不焦虑、不惶恐，世间便会少了许多的抱怨、抑郁和苦闷。

溪水不分昼夜，在山间流淌着，流过一寸又一寸泥土，不在意归处将是何方。哪怕知道自己最终的归处会是江河湖海，哪怕知道一旦融入它们，自己将失去原有的形态，甚至彻底在世间消失，它们也不会害怕，该欢腾时依然欢腾，该寂静时依然寂静。内心的恐惧是无用的，它无法让人变强，也无法让人得到保护。这世上，无畏才是最强大的护盾，它能让人变得坚不可摧，有很多人也正是因为无畏而获得了欣赏和尊敬。

悠然自得的生活并不难求，难求的是悠然自得的心态。我们渴望悠然自得的生活，却又总是因遇到的各种不确定而产生强烈的担忧，比如一些可能发生的，也可能不会发生的；比如一些可能无法解决，也可能被顺利解决的；比如一些可能产生严重后果，也可能丝毫不会产生不良影响的。当一件事情还未确定是否会发生时，或者是否会产生严重后果时，担忧是无用的；我们只需要明确那些可能出现的，然后做好准备，至于剩下的，顺其自然就好。

当心远离了尘嚣，即便人还置身于尘世中，又有何可惧，有何可愁呢？

即此羡闲逸，怅然吟式微

《渭川田家》王维

再度出仕后，王维归隐之心愈发明显，于是他开始利用空闲的时间修建自己的归隐之所。既是归隐之处，自然是要远离世间和烦杂喧嚣，越清净越好，然而王维此时仍有官职，无法彻底与尘世隔绝，于是他看中了京城以南的蓝田山麓，此地距离京城不太远，却是一个颇为清静的地方，既清新自然，又不失人间烟火，十分适合修身养性。

蓝田山麓其间有一处别墅，原属于初唐诗人宋之问，庭院宽阔，湖光山色相映成趣，树林清溪景色宜人，院中还散布着一些馆舍，若是有好友想来小住三五日，也刚好容得下。于是，王维买下了这栋别墅，将其重新修葺，然后住了进去，开始了他半官半隐的悠闲生活，并不时邀请好友来此同住。渭川，即渭河，源自甘肃鸟鼠山，流经陕西省中部。据推测，这首《渭川田家》便是作于王维居住于蓝田山麓时期，时间大约在开元后期，713年—741年之间。

渭川田家

斜阳照墟落，穷巷牛羊归。

野老念牧童，倚杖候荆扉。

初夏时节，夕阳西下，阳光斜斜地照着宁静的村庄，游荡了一天的牛羊被牧童赶着回家，缓缓地走入深深的小巷。村里的老人期盼着放牛的孩子快点回家，拄着拐杖，静静地等在柴门旁。

雉雊麦苗秀，蚕眠桑叶稀。

田夫荷锄至，相见语依依。

田间传来野鸡的声声鸣叫，麦苗已然扬了花，长得十分茁壮。春蚕悄然蜕去一层皮，一动不动，像是陷入了安眠，为了让它们吃饱，桑树上的叶子已要被采光。田间的农夫停下手中的农活，扛起锄头往家走，途中遇到熟人，便亲切地打个招呼，聊几句家常。

即此羡闲逸，怅然吟式微。

看着他们这样闲适安逸的生活，我不由得心生羡慕，却又有一丝惆怅，只得吟起《诗经·邶风》中那篇名为《式微》的篇章。

黄昏，归时。自古以来，人们遵循着日出而作、日落而息的生活规律。在山间砍柴的人，看到天色渐暗，就知道该下山了。在田中务农的人，看到夕阳西下，就知道该收工了。在海边捕鱼的人，看到红日向海中落去，就知道该收网了。日暮时分，缕缕炊烟从村庄升起，像是召唤外出的人回家的信号。人们各自带着一天的收成，无论丰收与否，都一心盼着马上回到家中，吃一顿温暖的晚餐。

很多人向往田园生活，觉得那样的生活很悠闲，没有压力，每天只要做一点简单的事，就可以满足生活的必需，就可以有大把的时间用来休息和享受。其实，这是一种误解。田园生活的真谛并不在于享受，而是在于它的简单纯朴，真实不做作。

在田园，人们过着自力更生、自给自足的生活，人与人之间不需要相互算计，也不需要用心提防。大家的心思都在自己的田地和家庭上，他们会努力让自己的生活更好一些，而不会试图用损人利己的方式；他们会为了提高收成而在耕种上尝试新的方式，而不会躺在床上想着如何能不劳而获。每一天，他们走出家门，去自己的田地里劳作，付出多少辛苦，就有多少收获。可能遇到天灾，而极少遇到人祸。

农夫的生活并不轻松，也并不如想象中那样安逸。只不过，人的心思单纯，就会容易感到幸福。阳光暖暖地晒在身上是幸福，早起出门呼吸到清新的空气是幸福，来到田间看到农作物长得茂盛是幸福，午休时吃上一口家里做的饼是幸福，吃过午饭在田间打个盹是幸福，收工时想到家中有人在等着自己是幸福，一到家就有热乎的饭菜可以吃是幸福，劳累过后大睡一觉也是幸福。

白天有事可做，晚上有家可归，这样最简单、最平实的幸福，对一些人来说是再平常不过的事，对有一些人来说，却是可望而不可及的。所处的环境迫使他们的大脑每日都在疲于算计，算计着如何应付身边的人，如何掩饰自己真实的想法，如何将话说得圆滑，如何将事做得圆满。回到家中，人闲了下来，大脑却始终闲不下来，直到入睡时，满脑子还都是白天的事。他们不敢放松，怕自己放松之后会受到攻击，怕一旦放松下来，就再也提不起警惕。人有家可归，心却无处安放，如此一来，也就成了无家可归了。

工作给人成就感，家给人的是安定，是内心的归属感。有家可归的人是幸福的，无家可归的人是悲哀的。田园生活重在一种意境，即拥有那种“采菊东篱下，悠然见南山”的恬淡，太过纠结于财富上的得失、名利上的得失、成就上的得失，最后失去的，反倒是最根本的幸福——有家可归的幸福。

心有归处，人便有归处。心无归处，人自然不知该去何处。诗经中那句“式微，式微！胡不归？”问痛了许多人。而这痛，说到底，不过是既想有家可归，又舍不得抛开名利官场。如此，便始终在两种情绪之间徘徊痛苦，得不到解脱，令内心的归属感得不到满足。若是真的放下名利，归了田园，也就不用担心那分安定求而不得了。

晚年惟好静，万事不关心

《酬张少府》王维

每个人的人生经历都会对其心态产生一定的影响。经历过被贬、下狱、中年丧妻等多次磨难后，王维的心境发生了许多变化，少年时的政治抱负已是荡然无存。若说中年时，他对实现理想尚存一丝希望，那么到了晚年，他已经彻底绝望了，对待朝政的态度也变得非常消极。

王维为人一向正直，不愿与奸佞之人为伍，然而造化弄人，朝中奸臣当道，曾经的重臣张九龄被罢相贬官，多位忠贞之士连连遭受打压，他却意外地被升了官。虽被升官，却有职无权，眼看着奸佞在朝中势力越来越大，自己却对此局面无能为力，王维心中的痛苦就越发强烈。

王维的性情终是软弱了些，想到曾经的理想一次又一次破灭，再看看眼下的局势，若想明哲保身，只能将自己抽离这污浊的官场，无奈之下，他选择逃离朝堂，远离是非之地，过起了完全归隐的生活，两耳不闻窗外事，一心只向清静求。

《酬张少府》是王维的一首酬答诗，作于晚年。关于张少府其人，历史上并无记载，只知少府是唐朝人对县尉的一种称呼，所以张少府应是一位县尉，王维与他通诗时，他应是仍在为官。我们不知王维与此人关系如何，却可从这首诗中读出王维晚年时恬静淡然，不以物喜、不以己悲的生活情趣。

酬张少府

晚年惟好静，万事不关心。

自顾无长策，空知返旧林。

如今我人到晚年，心中唯一喜好的就是清静，至于其他的事情，无论政治还是名利，我一概都不愿关心。我对自己的能力心知肚明，既然想不出治国的良策，不如远离朝堂，住回幽静的山林。

松风吹解带，山月照弹琴。
君问穷通理，渔歌入浦深。

白日里，松林间的轻风吹起我解开的衣带，我感到无比放松和畅快。入夜后，我还可以安静地坐在山中，沐浴着清澈的月光，悠然自得地抚琴。你问我如何在困窘和不得志的生活中领悟到归隐的真谛，此时我已唱着渔歌，划着船向河流深处驶去了。

有言道："小隐隐于野，中隐隐于市，大隐隐于朝。"古时文人墨客产生隐逸避世的念头，大多与当时的政治有关。自古文人多清高，他们正直、纯粹，又有一些天真和幼稚。在他们眼中，高洁的品质是人生中最美好的，最值得珍视的；自己的作品则是世上最珍贵的，最不可侵犯的。很多文人一生不愿阿谀奉承，不屑屈于权贵，他们拥有远大而单纯的理想。

每逢朝政陷入黑暗，那些品性高洁的文人墨客便难逃一劫。在昏庸的帝王或统治者眼中，这些文人唯一的价值，便是作为政治阶级的附属品，或歌颂自己的功德，令它们流传千古，或作一些靡靡之音，以供自己取乐。文人们若敢不从，就会面临打压和迫害。于是，许多文人墨客不得不用避世的方式来坚持自己的理想抱负，保持品性的高洁，保护文学的纯粹。

先秦时期，礼崩乐坏，诸侯争霸，政治黑暗，文人们为了彰显独立人格，纷纷归隐山林。东汉末年，王室的衰落，宦官外戚的争权，令文人名士陷入既无法入仕，又无法归隐的两难之地，却也促进了隐逸之风的盛行。

那些思想独立、怀揣报国之心的文人，满腔热忱地想将自己的才能发挥于朝堂之上，令国家强盛，却发现自己报国无门，不但得不到伯乐的赏识，还被忽略和排斥。那种感觉就像一个人在人群中拼命呼喊，喊到喉咙沙哑，却发现身边始终一片死寂时的绝望。于是，避世之心悄然而生。

既然无力改变世界，便只能独善其身。隐居于山林，独享那一份清静，管他外面的世界有多嘈杂，唯我这里安详静谧；管他外面浮云蔽日，天昏地暗，唯我这里风景正好。那些所谓“大事”，全都与我无关，任由他们去争、去夺、去打、去闹；任由他们尔虞我诈、勾心斗角，我这里，始终静好。

远离尘世，归隐山林，或许会被嘲笑软弱，或许会被指责无能，这些我都已经想到了。可那又怎样？你说我是逃避现实，可至少我保留了一身清气，好过与那些人同流合污；你说我在自我麻醉，可至少我所言，所做，皆是无愧于心。回归自然，我无须再趋炎附势，不用再在泥泞之中挣扎。如今，我居住在幽静的山林里，纵使生活贫困，却能听轻风细语，赏明月，抚古琴，享受心中难得的清静。这又有什么不好呢？

迢递嵩高下，归来且闭关

《归嵩山作》王维

张九龄任宰相期间，王维受其赏识，有过一段时间的平坦仕途。王维将张九龄视为知己和伯乐，对朝政也抱有一线希望。然而好景不长，张九龄因直言进谏却被唐玄宗误解而被贬后，王维眼前的希望又变得渺茫了。随后，王维的三位好友崔希逸、孟浩然和张九龄先后遭遇不幸，或郁郁而终，或因病辞世，这也对王维造成了不小的打击。虽被调回了京城，可此时的王维已经对官场和政治彻底绝望了，只要朝中无事，便隐居在终南山的别墅里，不问国事，也不问世事。

王维本想就这样在半官半隐的日子中平静终老，却没想到在他56岁那年发生了"安史之乱"。王维在战乱中被俘，并被安禄山强命为伪官。战乱平息后，王维先是入狱，后又被赦免，最后贬为太子中允。厌倦了官场的王维一次次上书辞官，又一次次被驳回，就这样重复了数次，最后，王维终于被允许辞官。

此前，王维在嵩山也建了一处隐居之所，卸下官职之后，他便前往那里，过起了隐居的生活。《归嵩山作》一诗，便是王维从长安回嵩山时所作。

归嵩山作

清川带长薄，车马去闲闲。

流水如有意，暮禽相与还。

一望无边的旷野之上草木交错，我坐在马车上欣赏风景，心中感到悠闲自得。流水仿佛能通我的心意一般，欢快地流淌着，向我示意沉重的日子将一去不回。天空中的禽鸟们一路徘徊在我的上方，陪我一起向着那令我倍感亲切的地方前行。

荒城临古渡，落日满秋山。

迢递嵩高下，归来且闭关。

沿途所见的荒凉城池靠近着古老的渡口，落日的余晖洒满了秋天的深山。我马上就要回到高远的嵩山之中，过我向往的生活。一旦我回到那里，我将关门谢客，再也不理会世事的纷乱。

同样的风景，映在不同人的眼中，会呈现出不同的颜色。同样的路途，不同心情的人走过，心中就有不同的感动。落日的余晖洒在河水里，折射出金灿灿的光芒，有的人会觉得那和镜花水月一样，再美丽也不过是假象，有的人则会觉得那光是能够点燃明天的希望。对于归心似箭的旅人来说，回家的路总是格外漫长。对于刚刚死里逃生的人来说，除了渴望早一些回到家中，还会感叹活着的美好，会用一颗焕然一新的心去看待身边的一切，从平凡的事物中体验出珍贵来。

归隐之人，有时寻求的是一种解脱，既有身体上的解脱，也有精神上的解脱。

为官之人，身处官场之中，受到的束缚有时有形，有时无形。有形的比如朝服、官帽、官靴，无形的比如那些需要时刻谨记在心中的规矩、讲话的分寸、言行举止的标准。身为官员，不能与普通百姓一样，必须循规蹈矩，想君王所想，为君王分忧。即便有心在某事上施展拳脚，也要先经过君王的允许，若君王不允，则不可擅自而为之。

人在朝中，身不由己，一举一动都受牵制，无法实现理想抱负，还要忍气吞声，心中自然压抑。更令人压抑的，莫过于身处的环境是非不分，将黑的说成白的，将白的说成黑的，完全没有公正可言。想要存活于其中，只有蒙住双眼，任由当权者指鹿为马，颠倒黑白，顺从他们的意愿，甚至将自己也拖入泥沼之中。可这样一来，长久以来的追求便无法再坚持下去了。对于内心正直，品性高洁的人来说，这样的生活不失为一种极其痛苦的束缚。

想要解脱，只能远离官场，放弃已有的富贵荣华。对于很多人来说，这并不容易。由俭入奢易，由奢入俭难。很多人一旦习惯了为官时的锦衣玉食，习惯了以权敛财，习惯了居高临下，习惯了闲暇时有美酒佳人相伴，习惯了不用开口就有人将珍宝送到自己手中，就不再怀念曾经刚正不阿的自己了。还有一些人，或许最开始仍然对当初的高洁有些不舍，可比较之后，还是放弃了正直，选择了荣华。

人心一旦变了，看世界的眼光也就变了。当欲望控制住了人心，人心就会越来越难满足，也就是人们常说的欲壑难填。贪婪可以腐蚀人心，可以蛀空人们的精神支柱，令人变得越来越颓废，越来越污浊。那些抛弃功名利禄，辞官归隐的人，与其说是在逃避，倒不如说是在坚守自己的阵地。只有初心不改的人，才会在失掉物质上的富有时，仍然感到解脱，内心无比畅快。

岩扉松径长寂寥，惟有幽人夜来去

《夜归鹿门歌》孟浩然

孟浩然，名浩，字浩然，号孟山人，唐代著名的山水田园派诗人。孟浩然少年时曾有心入仕，想在朝中有一番作为，却一直没有机会，最终只得忍痛放弃，隐居于山水之间。他的田园诗歌在题材上比较单一，或描写山水田园风光的优美，或抒发羁旅行役的苦闷。从写作风格上来看，孟浩然的诗清淡自然，意境很美，注重抒发个人情感。

孟浩然生于襄州襄阳（现湖北襄阳），此地东南处有一座山，叫鹿门山。东汉末年的庞德公便曾隐居于此，以耕为业，自给自足。据记载，庞德公虽有慧眼，与徐庶、诸葛亮、庞统等多位名士交往甚密，却始终不肯出山入仕。荆州刺史刘表多次宴请，庞德公无奈之下便携妻子搬入鹿门山隐居。从此，鹿门山便成了一处著名的隐居之所。

和许多文人一样，孟浩然也喜欢游览山水，尤其喜欢泛舟。因自小便听说过庞德公的故事，弱冠之后，孟浩然去了鹿门山游览，发现此处与世隔绝，十分幽静，果然是个隐居的好地方，于是决定在此隐居苦读数年，直至25岁左右才从山中走出，开始四处游历，为自己寻找入仕的机会。然而他的仕途并不顺利，青年时漫游求仕而不得，中年时入京应考又未中第。多年的求仕失败令孟浩然心生失望，最终决定于鹿门山修道归隐。

《夜归鹿门歌》应是孟浩然归隐于鹿门山之后所作。诗中描写了诗人傍晚回鹿门山途中见到的江村景象，途经庞德公隐居之所时的心中所感，以此抒发自己隐逸之后轻松平缓的心情。

夜归鹿门歌

山寺钟鸣昼已昏，渔梁渡头争渡喧。

人随沙路向江村，余亦乘舟归鹿门。

山间寺庙中响起的悠远钟声，提醒着我白天过去了，黄昏已经来临。渔梁洲的渡口处，此时格外喧闹，劳作了一天的人们，此时全都按捺不住想要回家的急切心情。拥挤的人潮沿着沙岸，缓缓向江村涌动着，最终涌入各自的家中。我也登上一只小船，让它载着我向鹿门山前行。

鹿门月照开烟树，忽到庞公栖隐处。

岩扉松径长寂寥，惟有幽人夜来去。

清冷的月光从天空中落下，照在鹿门山上，使我看清了那片被烟雾笼罩着的树林。恍惚间，我看到前方有一处居所，这是东汉的隐士庞德公曾经隐居的地方。那隐居之所十分简朴幽静，家门就是坚实的岩壁，小路两边皆是松林。这样隐蔽的地方，自是长年少有人来往，格外寂静。唯有隐居者才会不时出现在小路上，自由地在林间穿行。

山间隐居者，居于山林，安于山林。居为居住，安为安心。

在林间建一座小屋，可以很简陋，不需要雕花窗棂，不需要红墙碧瓦，只要有炉灶可以做饭，有平整结实的床可安睡；在山中围一方小院，不需要朱门石柱，不需要三出三进，只要有角落可以种花种菜，有地方可以洗衣晾衣。每日有米可炊，有水可饮，有日光可晒，有清新的空气可以呼吸，有满目的青翠可以欣赏，足矣。

放心地在山间居住下来，抬头可看见天，天是永恒的天，无论刮风下雨，雷鸣闪电，它就在那里，不偏不倚；环视可看见树，树是坚定的树，在阳光下坦然地仰起头，在风雨之中微微地摇摆；出门可遇见水，水是喜悦的水，永远不知疲倦地奔向前方，永远不会回头观望和叹息。周围的一切都是那样的真实，自己也是那样的真实，活得真实，也就不累了。

我们觉得累，是因为心中的茫然和内心的浮躁。茫然让我们迷失方向，不知道自己真正需要的是什么，也就找不到真正能让心安定下来的东西。浮躁让我们忽略了本质，只关注表象而不在乎内在，也就过分地急于求成，不管那是不是我们真正需要的。

将自己置身于一处安静的空间里，观望着那些自然界中最真实的事物，渐渐地，就会静下心来。心静之后，再去回想曾经压抑着自己的种种，那些触不到的繁华有时其实只是泡沫，那些得不到的功利有时只是浮云，那些握不住的财富有时只是流沙。拥有了便拥有了，谁也抢不去，不会自动离开的，只有内心的清醒和满足。

山林间的空气沁人心脾，深吸一口气，整个人就都充满了力量。清新的空气在肺腑之中游走，驱赶着体内的抑郁、烦躁、不安、焦虑、消极。长长地呼一口气，那些牵制我们的情绪、阻碍我们的思考、干扰我们的快乐的东西就都不在了。焕然一新的自己，眼神格外明亮，头脑格外清晰，看什么都更加美丽。

抛却浮躁，归于平和。内心坦然了，生活也就好起来了。

余亦谢时去，西山鸾鹤群

《宿王昌龄隐居》常建

常建，盛唐诗人，诗作以山水田园诗为主，诗风与王维、孟浩然相近。盛唐诗派中有“王、孟、储、常”之称，其中的“常”指的便是常建。常建一生留诗不算太多，只有57首，但后人对其诗歌成就评价较高。《四库全书总目》中称，常建有百分之六七十的诗歌都是能与王维和孟浩然抗衡的（“卓然与王、孟抗行者，殆十之六七”），可见其诗作质量之高。

历史上关于常建的信息较少，不知他是何年何月何日生人，也不知他是何年何月何日身故，只知他生于邢州，但由于在长安生活较久，故常被后人视作长安人。

常建于唐玄宗开元十五年（727年）考中进士，后又于天宝中年被任命为盱眙县尉。在唐朝，县尉的级别还不及县令，可算得上是非常低微的官级了，而且琐事较多，主要处理治安方面的事情。身在这样的位置上，即便有远大抱负，也是无可奈何，才能无处施展。常建仕途失意，最后只得隐居于鄂渚的西山。

常建性情耿直，品性清高，不喜欢结交权贵，这或许也是导致他一生不得志的原因之一。生活中，他只喜欢与性情相投的文人来往，并以文字相酬。常建与王昌龄曾有过文字上的交流，并对其高洁的品质颇为欣赏。辞官途中，常建路过王昌龄曾经隐居之地，便在此处留宿了一夜。《宿王昌龄隐居》一诗，写的就是他借宿王昌龄隐居之所时的所见所感。

宿王昌龄隐居

清溪深不测，隐处惟孤云。

松际露微月，清光犹为君。

我的脚边有一条清澈的小溪，它静静地朝着深不可测的石门山深处流淌。石门山的深处一眼望不到头，只能看见一朵白云孤单地停留在天空，我却知道，那里是我的好友王昌龄曾经居住的地方。明月升上天空，却被茂密的松林所遮挡，只能从松林顶端的缝隙中微微地露出一丝光亮。我想那月光会如此清朗，一定也是因为性情高洁的你曾经居住在这个地方。

茅亭宿花影，药院滋苔纹。

余亦谢时去，西山鸾鹤群。

夜间的茅亭仿佛休憩在花影之中，空气中弥漫着静谧和安详。许久无人居住，曾经种着草药的院子里，如今处处是斑驳的青苔在滋长。看到此景，我不由得也想要远离世俗，归隐山林，像你一样。不如就去西山吧，去与那里的青鸾和白鹤为伴，看它们自由自在地飞翔。

如今的人们谈到归隐，大多认为只要找一个人少的、安静的、生活节奏慢的地方住下来，就是归隐了。

有人心中的归隐，是在北方的农村找一个场地开阔、人烟稀少的地方，围一个小院子，种上些花花草草、水果蔬菜，再建一座小房子，然后住进去，深居简出。他们认为，归隐后的生活，必然是随心所欲到极致：每天睡到自然醒，然后去院子里晒太阳，或者坐在树下乘凉；每天喝的是从井里压出来的地下水，清凉甘甜；吃的是纯绿色的瓜果蔬菜，健康安全。

有人心中的归隐，是在南方的小镇买下或租下一幢小房子，房内各种家具和生活必需品一应俱全，自己只要带上三五件行李便可入住。他们认为，归隐后的生活，是兴致好时可以出去游山玩水，欣赏美丽的风景，或去集市上逛一逛，买一点当地的特产，欣赏小摊上摆着的精美手工艺品；不愿意出去的时候就坐在窗边读书，手边放一杯清茶，累时抬起头，望一望近处的石板路、远处的山水，心旷神怡。

这样的归隐生活听起来真是令人羡慕，有些人这样想了，便去做了。然而过了一段时间，他们脸上仍然是苦闷忧郁的表情，内心也依然纠结。原来，真的去做了，才发现是他们对归隐有所误会，把归隐生活想象得太美好。他们迷恋桃花源白日里的悠然自得，却忽略了夜间突然断电时的手足无措；他们沉醉于风和日丽时的身心舒畅，却忽略了也要面对没有空调暖气的酷暑严寒。

归隐，未必安逸。关于这一点，我们从古人们的诗中便可读出几分。很多诗人之所以会有强烈的归隐之心，并不是为了过上衣食无忧的生活，也不是为了肆意放纵，而是为了保持自己精神世界的独立和纯净。他们并非完全不需要物质，而是对于他们而言，物质上的享受远不及精神上的享受更来得痛快。当他们的内心得到了平静，情怀得到了释放，他们就已经很满足了。至于其他，便都不那么重要了。

现代人所理解的归隐，更多在于一种表面上的生活方式，而非精神世界的修葺。他们没有意识到，归隐既有得，也有失，而且很多情况下，失去的东西会比得到的更多，比如稳定的经济来源、早已习惯的生活环境、根深蒂固的思想等。时间尚短时，他们还会因为感到新鲜而忽略需要失去的那些东西。时间一旦长了，那些暂时被忽略的需求就会再度苏醒，继续扰乱着他们的心绪。

归隐给人以大自然的宁静，同时也令人失去了现代化带来的便利和安全。没有认清归隐的含义，就不可能真正在归隐的生活中体会到轻松。所以，归隐，不应是头脑发热时的冲动，而应是在清醒时做的决定。认清了现实，能够淡然面对未知，才有资格去谈归隐。

终罢斯结庐，慕陶直可庶

《东郊》韦应物

韦应物，唐代山水田园诗派诗人，出身显赫，家族中多显贵，坊间有“城南韦杜，去天尺五”的说法，意指韦氏一族的地位相当于皇亲贵戚。有着这样的家族背景，韦应物少年时的生活极尽风流，15岁便入宫做了皇帝的近卫，自由出入宫阙，并时常跟随皇帝出宫游乐。其间，他见惯了皇家的奢靡无度，也习惯了风流骄奢的生活。直到755年，一场安史之乱让他从云端跌落到泥沼。

旧日天子身边的红人一夜之间变成了一无所有的难民。没有了靠山，韦应物再也无法继续飞扬跋扈，任性妄为。保住自己的性命，在乱世之中活下去，成了他唯一的心愿。经历过一番动乱，韦应物幡然醒悟，意识到自己曾经的生活过于颓废，于是他痛改前非，修身养性，潜心向学。

再度入仕的韦应物已从一个不学无术的无赖子弟蜕变成了一位勤政爱民、清廉正直的人。他有心做一名好官，只可惜天不遂人愿。任洛阳县丞时，阿谀奉承的官场氛围让他难以接受，他以需要养病为借口想辞职，却被调去管理兵器。他想出手整治违法的士兵，又被上级认为是越权，直接罢了他的官。

仕途失意，韦应物开始结交文人墨客，与他们游览山水，互通诗作。在这些人的影响下，他开始向往田园生活，有了归隐的念头。即便多年后再度入仕，心中归隐之意也未曾减少。在他的《东郊》一诗中，我们就可以看出他对官场的厌倦，以及他对归隐的期盼。

东　郊

吏舍跼终年，出郊旷清曙。

杨柳散和风，青山澹吾虑。

衙门里的生活让我感到非常拘束，于是我清早出门前往城外，想要舒缓一下心胸。轻风拂过杨柳，杨柳随风摆动，望着远处的青山，我心中少了许多烦忧。

依丛适自憩，缘涧还复去。

微雨霭芳原，春鸠鸣何处。

我喜欢倚靠在树干上稍作休息，也喜欢沿着山涧徘徊，这样的生活让我不想回去。我看见细雨飘落，滋润了遍地花草。我听见有春鸠在鸣叫，却不知它身在何处。

乐幽心屡止，遵事迹犹遽。

终罢斯结庐，慕陶直可庶。

我心向往幽静，却常常受到阻拦。繁忙的公务迫使我整日匆忙奔走，害我疲惫不堪。我心中一直羡慕陶渊明那样的隐归田园的生活，总有一天，我一定要辞官来这里居住。

我有花一朵，藏在我心中，几经宦海沉浮，几经雨打风霜，荡尽尘与土，花朵方艳红。曾经金玉其外，败絮其内，沉迷于权力的霸道，留恋于尘世的奢靡。曾经桀骜不驯，傲气十足，不思进取，以为拥有的荣华富贵永远不会失去，只需尽情享受。曾经以为有今朝便不需思明日，到头来却发现那些只是过眼云烟。人生中总会有大起大落，飞得越高，跌落时就摔得越狠。

“对芳尊，醉来百事何足论”。一时内心迷茫空虚，才会去追求那些所谓的光鲜亮丽。欲望在身体里不断膨胀，像一只充了氢气的气球，将人悬在半空中，双脚踏不到坚实的地面，却还沾沾自喜，以为自己与平常人不同，一生下来就应该高高在上。

酒桌上的朋友，在一场风浪过后，所剩无几。那些曾与自己一起天不怕地不怕，纵酒享乐的人，在失去了庇护之后，就脆弱得不堪一击。早早地看过了世间沧桑，才发现表面的繁华下面都是虚无，禁不住一点摇晃。真正的财富，不在金钱，不在权力，而在腹中的才学和内心的满足。

浪子回头金不换，迷途知返未为晚。人一旦从虚幻中醒来，在落差中弄清了缘由，就能够认清方向，走出迷茫，不再被杂草枯藤缠足。看得透，才能放得下。懂得了生活的真正意义，就不会再虚度光阴。日省己身，时时检查所行之路是否方向正确，所做之事是否无愧于心。

陶渊明说：“久在樊笼里，复得返自然。”正是因为他之前经历过跌宕起伏的官场生涯，看清了官场的腐败，才更加明白什么最可贵。在这一点上，韦应物与他异曲同工。没有经历过的事，便贸然否定、排斥，需要花费很多的时间和精力来说服自己。没有比较过，就不会认识到自己心中真正最重视的东西。

回归本心，或者，发现真正的本心，为了追求真正重要的东西而归隐，才是最好的归隐。拥抱着自己认同的价值观，内心坦荡，平和淡定地度过此生时，才有资格说出这样的话：“我有一瓢酒，足以慰风尘。”

第二章 性情中人，豪放度此生

兴酣落笔摇五岳，诗成笑傲凌沧洲

《江上吟》李白

唐朝诗人李白，性情豪放，敢爱敢恨，洒脱不羁。拥有这样性格的人，往往活得比较随性，将得失看得比较轻，不会让自己受到物质的束缚，也不会痴迷于追名逐利，闲暇时纵情山水，对酒当歌。在李白的世界里，喜怒哀乐都不需要掩饰，他习惯将自己内心中最真实的情感变成文字，以诗抒情，所以他的诗读起来，会让人感觉非常畅快。

李白的众多诗作中，有一首《江上吟》充分地展现了诗人藐视权贵、豪放不羁的性格，以及其在诗歌创作方面自由随性、雄奇奔放、变幻莫测的艺术特点。《唐诗直解》中对此诗的评价是："太白气魄磊落，故词调豪放。此篇尤奇拔入神。常人语，自非常人语。"其中"兴酣落笔摇五岳，诗成笑傲凌沧洲"两句也被后人称为是李白最狂的诗句之一。

江上吟

木兰之枻沙棠舟，玉箫金管坐两头。

美酒尊中置千斛，载妓随波任去留。

有一只小船，以木兰为桨，沙棠为舟，在它的两端，有玉箫和金管在深情地演奏。船中的人，一边饮着杯中的千斛美酒，一边欣赏着美艳女子的歌舞，任由小船在江中顺水漂流。

仙人有待乘黄鹤，海客无心随白鸥。

屈平辞赋悬日月，楚王台榭空山丘。

黄鹤楼上的仙人等待着黄鹤接他离开，而我因为没有机巧之心，所以也不会期盼白鸥带我飞走。如今，屈原的辞赋仍然与日月同辉，可那些楚王建下的台榭早已不在，只剩下光秃秃的山丘。

兴酣落笔摇五岳，诗成笑傲凌沧洲。

功名富贵若长在，汉水亦应西北流。

我诗兴大发之时，能写出让五岳都为之震撼的诗歌，那诗的气势磅礴得可凌驾于江海之上。功名富贵是不可能长存的，就像那汉水不可能向西北倒流。

一只小船，一名闲客，船上歌舞升平，船下江水悠悠。船上的人，饮着美酒，赏着美景，忆着往日，感叹现实，却又不为现实所困。他将一切看得清楚，明白这世上什么会转瞬即逝，什么才会万古流芳。所以，他才会不在意眼前的失意，不受其影响，还能以一种豁达的心态去享受生活。

生活中，几乎每个人都对自由充满了渴望，希望自己能尽情去做想做的事，放心去说想说的话，没有任何的约束，不受任何的牵绊。而事实上，很少有人能实现这样的自由。人们总是一边抱怨着自己的无可奈何，一边拼力地勉强着自己，一边忍受着内心的挣扎。

真正的自由，并不是随心所欲，而是一种心态，能够安然接受生活中的起落，坦然面对生活中的得失，能够将生活中遇到的坎坷当作平常。这样的心态，就是我们平日里说的豪放豁达。做一个豪放豁达的人，少一些功利心，少一些算计，心上的包袱就会变轻，人也就不会感觉那么累了。

我们觉得累，是因为心理上背负了太多的包袱，而其中很多包袱其实是可以放下的。生活中，我们追求的名和利，都只能暂时给我们带来满足感，不成名不代表一事无成，不获利也不代表一无是处。太过在乎名和利，自然很容易被它们所钳制，成为它们的奴隶。一旦成为了它们的奴隶，哪里还会有自由可言？

其实，名和利都是身外物，它们可以暂时为我们在这个世界的生活增添色彩，可是当我们离开这个世界时，它们就没有了任何作用。利，谁也带不走，至于名，也不过是给后人多一些谈资罢了。既然如此，又何必在它们离开自己时如临大敌，心中郁郁不得解呢？不如把名和利看得轻一些，如此，就不会在求而不得时痛苦，不会在失去时被愤怒的情绪蒙住了眼，忽略了身边还有那么多美好的风景。若是能豪放豁达如李白，我们眼中的世界，就会多了几分可爱和清新。

李白的豁达让他能够不受境遇的影响，无论何时何地，都能饶有兴致地欣赏美好的景色。除此之外，他还能够借助丰富的想象力，在自己的精神世界里营造出一方更广阔的天地。在那片天地里，他可以把一只平常的小船变成用珍贵木料打造的精美游船，置身于船上，纵情放歌，畅饮美酒，过自己理想中的生活。那乐器或许并非金玉所制，那美酒也或许并非取之不尽，但在想象的空间里，一切皆有可能。

心自由，人便自由。

长风破浪会有时，直挂云帆济沧海

《行路难》（其一）李白

李白一共写过三首《行路难》。据推测，这些诗大约创作于唐天宝三年（744年）。当时李白遭高力士等人谗言诋毁，无奈之下被迫辞官离京。“行路难”三字，看似是在形容山中道路的艰险，实则是在表达诗人对世道艰难、前途莫测的感慨。

李白这样的性情中人本就与当时的官场格格不入，只因唐玄宗仰慕他的才华，想让他为宫廷作诗，才特意将他召入宫为翰林供奉。然而，唐玄宗可以包容李白的豪放不羁，他身边的许多人却一直看李白不顺眼，对李白的言行颇有微词。总有官员私下讨论李白太过狂妄，失了体统，不配留在宫中。而这其中，最想将李白驱逐出宫的就是高力士。

高力士与李白一向不和，特别是李白在醉酒后命高力士为自己脱靴后，高力士对李白更加厌恶。对于高力士来说，为李白脱靴一事是他人生中极大的屈辱，于是他想让李白早日离宫的心思也就越来越强烈。

知道自古帝王皆多疑，高力士便想出一些罪名，在唐玄宗面前诋毁李白。唐玄宗听过之后，虽未尽信，却也对李白有了忌惮，态度大不如以前。仅仅两年的时间，李白就从唐玄宗最喜爱的文人变成了弃子，被“赐金放还”。

辞官还乡本是无奈之举，但李白并没有因为身处困境而放弃希望。他心中也曾有过苦闷，但这些苦闷只需畅饮一番，便能够消散得无影无踪了。在这首《行路难》（其一）中，李白用文字抒发了自己对现实的愤慨，却也表达了他对美好未来的希望。

行路难（其一）

金樽清酒斗十千，玉盘珍羞直万钱。
停杯投箸不能食，拔剑四顾心茫然。

名贵的酒杯里盛着的美酒，一斗酒便能值十千。玉制的盘中盛着的美味佳肴，价值上万钱。这样好的酒菜摆在我面前，我却仍然无法下咽。我放下了筷子，拔出宝剑四下张望，心中一片茫然。

欲渡黄河冰塞川，将登太行雪满山。
闲来垂钓碧溪上，忽复乘舟梦日边。

我想渡过那黄河，怎奈天寒地冻，黄河已变成了冰川。我想登上那太行山，却不想一场大雪铺天盖地，令我无法进山。我想起姜太公当年遇到周文王时，正在碧绿的溪边垂钓。我又想起伊尹在得到商汤王重用之前，曾经梦到自己乘坐小船行经日边。

行路难！行路难！多歧路，今安在？
长风破浪会有时，直挂云帆济沧海。

行路多艰难，行路太艰难，前面有太多的岔路，令我一时不知该走向哪边。但我相信总有那么一天，长风会载着我冲破巨浪，一行千里，那时我将挂起云帆，渡过沧海，直达理想的彼岸。

人在成功之前，总会经历过许多挫折，只是太多时候，我们被别人身上成功的光环所迷惑。一本畅销小说的背后，有不知多少个通宵达旦的创作，有不知多少次让作者恨不得砸掉电脑的瓶颈期，有不知多少次因为出版社不满意而进行的修改。这些都是挫折，它们真实地存在过，只是我们看不到罢了。而对于作者来说，创作过程中经历的任何挫折都是平常事，只有扛过去，它们才会成为过去。

挫折易获，精彩难得。刚经历一次两次的挫折时，很多人都会故作轻松地说这不算什么，然后一笑而过。可是当挫折一而再，再而三地光临，人们的脸上就很难看到笑容了。有人会怀疑自己的选择，有人会悲叹自己的运气，还有人会暗自琢磨是不是有人在故意为难他。一连串的担忧和怀疑锉杀了士气，让原本距离成功已不远的人停下了脚步，犹豫着、彷徨着。

有的人因为害怕再次受挫，不但不敢尝试心中所想，甚至连想都不敢再想。刚刚冒出一个念头，就在心里自我质疑，自我否定。刚刚抬起脚，步子还没迈出就又将脚缩了回去。就这样年复一年地在原地踏步，将自己困在一个狭小的圈子里，一事无成。还有的人，索性就退缩了。

面对挫折，越是悲观，越是软弱，越容易走不出来。心里总是想着灰暗的过去，眼里就只有灰暗的未来。如此恶性循环，成功的几率越来越低，距离成功也越来越远。而那些内心豁达的人，将挫折视为一种经历，一种成长。在他们看来，最坏的结果不过是失败，失败之后还可以重新再来，既然如此，挫折又有什么可怕的呢？于是，他们很快就从挫折中走了出来，最后走到了终点。

人生在世，越豁达就越坚强；越豁达，就越难被消极的思想所左右，越容易成功。

唯愿当歌对酒时，月光长照金樽里

《把酒问月》李白

有人说，李白像是在诗国的天空中的一颗彗星，自在地从天空中划过，留下了一道耀眼的弧线。世人看到了他的闪耀，想要细一些观察，却被他的光芒阻挡，不可直视，只能看着他在天空中划出的那道美丽弧线，向往着，幻想着。他又像一位散仙，浑身散发着不食人间烟火的仙气，自在地穿梭于人间，活跃于诗坛，做着自己喜欢做的事，写着自己喜欢的诗，仿佛这世间没有什么能够困得住他。

仔细读过李白的诗，品过他的一生，发现上面的评价确实很有道理。不可否认，李白是一位令无数人羡慕的诗人，这不仅因为他有着无与伦比的才华，也因为他的生活方式和态度。李白的诗如他的人生一般释放着真性情，他的人生又如诗一般，纯粹、浪漫。那种逍遥自在，敢于释放情绪、自我的生活方式，那种豪放洒脱、轻视荣华的态度，都是人们的羡慕所在。

一个人的成功离不开天分和努力，只不过有些人靠天分多一些，有些人靠努力多一些，李白显然属于前者。身为浪漫主义诗歌的代表人物，李白在诗坛上的出色成就是天分使然，那种与生俱来的对自然的超强感受力和想象力，让他创作出无数令人读时感到十分畅快，读过之后又回味无穷的诗歌。

李白诗中表达出的洒脱与他的浪漫主义情怀和丰富的想象力有很大关系。浪漫主义情怀令他看得到世间的美好，乐观的心态令他始终对生活持积极的态度，丰富的想象力则赋予了他创造美好富足的精神世界的能力。

《把酒问月》一诗是李白应友人邀请而作的。在诗中，李白融入了浪漫而丰富的想象力，以明月为对象，表面上是在感叹人世的短暂、明月的永恒，以及月上嫦娥的孤单，实则暗示了自己虽然内心孤苦高洁，却不会沉湎于失落和沮丧之中，仍然愿意相信未来，也愿意珍惜眼前的美好时光。

把酒问月

青天有月来几时，我今停杯一问之。
人攀明月不可得，月行却与人相随。

从何时起，青天之上有了明月？今天我暂且停下酒杯，问一问它。世上那么多人想要登上明月，可是没有人成功过。反观明月，却是那样自由，轻易便能跟着人行走。

皎如飞镜临丹阙，绿烟灭尽清辉发。
但见宵从海上来，宁知晓向云间没。

明月高高地悬在天空中，像一面镜子，每天都照着红色的宫殿。待到云雾散尽之后，它那皎洁的光芒就会洒在大地上。我们每天只看到傍晚时分，月从海面缓缓升起，却不一定看到天亮时，它怎样被天空中的白云吞没。

白兔捣药秋复春，嫦娥孤栖与谁邻。
今人不见古时月，今月曾经照古人。

一年又一年，广寒宫里的白兔不停地捣着药。嫦娥孤单地住在宫里，身边没有相伴的人。今天的人不可能见得到古时的明月，可此时的明月却也曾在过去的岁月里照耀着古人，像它今天照耀着我们一样。

古人今人若流水，共看明月皆如此。

唯愿当歌对酒时，月光长照金樽里。

无论古时的人还是今天的人，在历史的长河里，都只能像流水一般存在，一去不回头。可无论古时的人还是今天的人，看到的明月却始终是同一个。我并不求自己能活得多么长久，只希望每天饮酒当歌时，酒杯之中能够接得到明月的清冷光芒。

将岁月比作一条长河，每一个人的河中，都有过波涛汹涌，也有过波澜不惊。有人喜欢波涛汹涌的刺激，嫌弃波澜不惊的平淡；有人喜欢波澜不惊的安稳，害怕波涛汹涌的忐忑。可是，没有人能够一直只过自己喜欢的生活，总会有一些违背我们预期的事情时不时来打扰我们，也许是偶尔，也许是经常。

有的人总是患得患失，得到了想要的之后，虽然会感到欢欣，却只有那么短短的一瞬，紧随其后的就是无止境的担忧。如果得到的很快就会消失，怎么办？如果有人来将我的东西抢走，怎么办？如果我不小心把得到的弄丢了，怎么办？这样想着，心情自然就会变得沉重，再也体会不到应有的喜悦。这些人将对得失的计较当成了习惯，有时甚至还没有得到，就已经开始担心“会不会失去”，或者“如果失去了怎么办”了。

冷静下来想一想，患得其实并没有必要。面对已得到的东西，或者珍惜，或者放弃，只有这两个选择。若是不想放弃，不想失去，珍惜便好。对其爱护有加，时刻关注，用心去感受、去体验、去享受，如此便好。若是因为担心那些未必真会发生的失去而错失了拥有的快乐，令自己毫无心情去体验，岂不是得不偿失？

至于患失，则更没有必要。面对没有得到的东西，或者争取，或者放弃，也只有两个选择。努力争取了，如果能得到，皆大欢喜；即使最终还是无法得到，至少不会感到后悔。若是时刻担忧着得到之后是不是会失去，因此放弃了努力，错过了机会，蹉跎了岁月，那才是真的可惜。

人生只有一次，越是喜欢计较得失，就越难得易失。

人生在世不称意，明朝散发弄扁舟

《宣州谢朓楼饯别校书叔云》李白

李白天性豁达，生活中的坎坷遭遇对他而言都不过是一些短暂的经历，虽然有悲愤之情，却并不会因此消沉，郁郁寡欢，终日不得其乐。被迫离京后，他选择了四处周游，一如他入宫之前，过着洒脱不羁的生活。

唐天宝十二年（753年）秋季，李白行至宣州，在此处停留了一段日子。刚刚住下不久，他的故友，唐朝著名散文家李云也来到了此处。李云虽在朝中为官，但性情刚正不阿，从未与朝中官员同流合污，且不畏权贵，李白对他十分欣赏。在异乡遇到故知，李白自然非常高兴，于是盛情相邀，两人相谈甚欢。然而李云在宣州只作了短暂停留，便马上又要离开了。李白心中稍有不舍，但很快便释怀了。

南朝诗人谢朓，擅作山水诗，且诗风清新，在当朝诗坛中成就颇高，李白对其极为欣赏和敬仰。当年，谢朓既不愿放弃官位，又渴望归隐后的清净，最后选择了“仕隐”的生活方式。在宣州任太守期间，他将理事起居的地方建在了郡治之北的陵阳峰上，因地处相对高远，于是取名为“高斋”。唐朝初期，此处被改建为楼，起初称为“北楼”，后又因此处曾是谢朓之所，为了纪念这位杰出的诗人，于是改名为谢朓楼。

李云离开前，李白陪他登上谢朓楼，设宴为其送行，并作诗为其饯别。在《宣州谢朓楼饯别校书叔云》一诗中，李白用精妙的文字将自己丰富的心理和感情表达出来，其中既有豪情逸兴，又有一丝淡淡的郁闷和不平。整首诗的感情一波三折，令人读时情绪也会随着诗人的情感变化而起伏。

宣州谢朓楼饯别校书叔云

弃我去者，昨日之日不可留；

乱我心者，今日之日多烦忧。

长风万里送秋雁，对此可以酣高楼。

昨天已弃我远去，过去了也就算了，没什么值得留恋的。最令我心神烦乱的，是今天正在经历的那些烦心事。秋雁从万里之外，乘着长风而来，这让我心神略感舒畅。有这样的美景相伴，我便可以放怀畅饮，醉在这高楼之上了。

蓬莱文章建安骨，中间小谢又清发。

俱怀逸兴壮思飞，欲上青天揽明月。

先生您的文章既有建安文学的风骨，志向深远，反映现实，意境宏大，其中又不乏谢朓那种清新秀丽的句子。你我皆是那兴趣超然之人，有心飞上九霄云外的青天，将一轮明月揽在手中。

抽刀断水水更流，举杯销愁愁更愁。

人生在世不称意，明朝散发弄扁舟。

抽出刀来想要劈断那流水，而刀落之后，流水反而奔淌得更加肆意。举起酒杯想要借酒消愁，美酒入腹后，才发现这不过是为自己愁上添愁。既然人生在世不能称心如意的事十之八九，谁也无法避免，倒不如明天一早披头散发地乘着小船在江中漂流。

人的一生，不如意之事十之八九，且福祸相依。有时，只是一些小事，就好比买到了喜欢的衣服，却不小心丢失了钱包；和喜欢的人吃了一顿浪漫晚餐，回家的路上汽车却抛了锚；在山顶看到了美丽的日出，回家后却得了感冒。有时，也会是一些大事，比如以优异的成绩考上了心仪的大学，却承担不起昂贵的学费；事业上刚刚有了起色，家中却有人身患重病需要照料；刚刚收获了一份感情，却因为工作的调动不得不与对方分居两地。

不如意之事太多，若是每每因此纠结，时时为此烦心，生活就会变得一片灰暗，那些触手可及的幸福也会悄悄远离。所以，人们常常劝自己，也劝他人“别太计较”，“想开一点”。

没能实现自己的理想时想开一点，宽慰自己或许时机还没到，机会总是留给有准备的人，不要灰心，继续准备，总有一天理想会变成现实。总也遇不到对的人时想开一点，宽慰自己这只是生活中的一段小插曲，不要放弃，一定会有更好的在前方等着自己。因为被误解而失去在乎的人时想开一点，懂你的人早晚都会明白你的心意，不懂你的人即使失去了也不可惜。

一生之中，不如意只是寻常事，并不可怕，可怕的是人们因为不如意而产生的悲观、失望，甚至绝望的情绪。一旦对生活失去了希望，就难以找到活下去的意义，也不会再有面对困难的勇气。一旦习惯了消极、颓废，人就会越来越缺乏生机，得过且过、浑浑噩噩地度日。

感到情绪苦闷时，找一种方式发泄出来，或者唱歌，或者运动，或与人倾诉，或以文抒情。也可以饮酒，但不宜过多，毕竟酒醉会伤身。

我们每个人一生之中都会遇到很多人，大多数人都只是生命中的过客，只有极少数人才会伴随我们一生。偶尔在我们身边停留的那些人，或许曾经带给我们欢乐，或许曾经令我们痛苦，可无论当时的感受多么真切，多么深刻，一旦他们离开，不再联络，久而久之，我们也就忘了。哪怕我们曾以为那人会是相伴一生的那一个，也会忘记。其实，人生中的不如意也如那些过客一般，来来去去，并没有什么大不了。不看重，不在乎，它们就不会一直影响我们的心情。反之，我们越是看重，越是在乎，越是时刻提醒着自己，就越容易一直被它们干扰心情。

无论发生了什么，日子总要过下去。想开一点，生活就会变得明媚许多。

事了拂衣去，深藏身与名

《侠客行》李白

我们读李白的诗时会发现一个特点，他曾多次在诗作中提到“剑”，并多次直接提到干将、莫邪、龙泉、青萍等剑的名称。这令我们猜测，李白是否对剑有着独特的兴趣，如若不然，他又怎能多次在诗中提及，并对剑的名称如此熟悉？细读过他的文章，方知事实确实如此。李白不仅是一位文采斐然的诗人，还是一位剑术高明的剑客，他在写给韩朝宗的自荐信中便曾提及自己“十五好剑术，遍干诸侯”。

李白不仅性格豪放，还很喜欢行侠仗义，到处打抱不平。少年时的李白先是在家乡学习纵横术和兵法，之后为了学剑而游历于山东，还拜了中国史上唯一一位被朝廷册封的“剑圣”裴旻为师，向其学习剑术，可见其心之真切。25岁时，李白“仗剑去国，辞亲远游”，由此可见，李白不仅只有侠士之心，还有侠士之实，这就难怪他一生都以侠客自居了。

在李白有关侠士的作品中，最著名的莫过于《侠客行》。此诗大约作于唐天宝三年（744年），诗中描写了一位剑术高明的侠客如何行侠仗义，如何深藏身与名，如何有英雄气概，如何一诺千金。在李白心中，这样的侠士即使没能完成别人所托之事，单凭其仗义的气节，也可流芳千古了。

因为李白自称侠客，且剑术高明，于是有人猜测，李白的这首《侠客行》中那身手了得的侠客便是他自己。又因李白的身世一直带有传奇色彩，于是也有人猜测那位侠士是李白的父亲李客。无论诗中之人究竟是谁，此诗确实给人们留下了深刻的印象，不失为一首描写侠士的经典之作。

侠客行

赵客缦胡缨，吴钩霜雪明。

银鞍照白马，飒沓如流星。

赵国侠士的帽子上随意地点缀着胡缨，吴钩宝剑看起来如同寒冬里的霜雪一般明亮。白色的马儿身上配有银色的马鞍，飞奔起来英姿飒飒，好像夜空中的流星。

十步杀一人，千里不留行。

事了拂衣去，深藏身与名。

侠士的剑法出色，十步之内便可夺一人性命。千里关隘，竟无一人能阻拦他前行。做完这一切，他轻拂衣襟转身离去，悄然隐匿，无人知道他去了哪里，也无人知晓他的姓名。

闲过信陵饮，脱剑膝前横。

将炙啖朱亥，持觞劝侯嬴。

侠士闲来无事时，步行路过信陵郡，摘下佩剑横放于膝前。饮酒时，有朱亥、侯嬴主动上前与其交好，同坐一张桌，大口吃肉，大口喝酒，相谈甚欢。

三杯吐然诺，五岳倒为轻。

眼花耳热后，意气素霓生。

三杯酒下肚之后许下的重诺，五岳与之相比都显得轻了许多。美酒喝得眼睛有些花了，耳朵微微发热。侠士为二人的意气所感动，愿为知己赴汤蹈火。

救赵挥金槌，邯郸先震惊。
千秋二壮士，烜赫大梁城。

朱亥挥舞着金槌救信陵君于水火，整个邯郸城的人闻之感到震惊。两位壮士的豪举令所有人佩服不已，多年之后仍在大梁城内留有英名。

纵死侠骨香，不惭世上英。
谁能书阁下，白首太玄经。

这些人虽然身故已久，但他们的侠骨仍在世上流芳。谁人都说他们是盖世英雄，将他们的事迹在世间传唱。这便是最好的结局，好过那一介儒生扬雄，满头白发时还在阁中编著《太玄经》。

侠客，一类热衷于行侠仗义却少有人知道他们身份的人。他们来去自由，不受任何人约束；他们惩恶扬善，权力、地位都奈何不了他们。他们敢去杀那些大奸大恶之人，哪怕对方是势力庞大，他们也无所畏惧。他们敢去惩治那些恶贯满盈之人，哪怕对方是皇亲国戚，他们也无所顾忌。他们整日独来独往，无牵无挂。世人难以找到制衡他们的砝码，也难追寻到他们的踪迹。

曾以写武侠小说而闻名的梁羽生先生主张“宁可无武，不可无侠”，是因为侠的范围很广泛。一千个小说家心中可能有一千个侠客的样子，但无论他们看起来是彪形大汉或是文弱书生，无论他们武功盖世或者手无缚鸡之力，他们一定拥有着侠客的风骨，正直、仗义、豪气、爽快、诚信、快意恩仇、急人所急、言出必果。一个不懂武功的人或许不能成为武林至尊，却也可以成为一代侠客，只要他拥有侠义的风骨，他就是一名侠客。

世人羡慕侠客，一方面是因为侠客武功高强，既可自保，又可抑强扶弱，另一方面则是羡慕侠客的自由自在。我们读小说，每每读到一位侠客洒脱不羁、仗剑江湖时，定会心生向往；而若是读到一些侠客因名震江湖而被推荐为盟主，身居高位，则会感到可惜。位高权重固然风光，可如此一来，就免不了被江湖事务所累，不能来去自由，不能只顾自我，侠骨纵使尚存，也少了几分侠客的自在。

站在分岔路口，总要做出选择。是选择做一名无拘无束的侠客，浪迹江湖？还是选择做权贵身边的侍卫，安稳度日？又或是选择名誉和地位，将自己置于高台之上，受世人敬仰？每个人都有他不同的选择，这选择取决于天性。天性洒脱之人，必然会放弃名和利，放弃唾手可得的荣华，选择一条自由自在的路。毕竟在他们眼中，没有什么比拥有自由，能做自己更快乐的了。

将人生看透，方能一生洒脱自在；将荣华看淡，方能“事了拂衣去，深藏身与名”。

我歌月徘徊，我舞影零乱

《月下独酌四首》（其一）李白

提及李白，人们眼前总会不自觉地浮现出这样的形象：一位狂放不羁的诗人，身穿一袭白衣，在一个深夜里微微仰头，举杯对月；又或是松了衣带，将身子随意地靠在船沿上，一手撑着身体，一手执着酒杯，望着远方，然后仰头将酒一饮而尽。

李白好饮酒，世人皆知。很多人饮酒只是为了借酒消愁，李白却不是，他心情不好时会饮酒，心情好时也会饮酒。酒于他而言，是生活的一部分，也是生活的调剂。一杯酒，先入口，再入心，最后与他骨子里的那种侠士风范，那种超凡脱俗的气质，那种豪放的性格融为一体，便使他有了“酒仙”这一称号。

杜甫曾在《饮中八仙歌》中写道：“李白一斗诗百篇，长安市上酒家眠。天子呼来不上船，自称臣是酒中仙。”敢将自己称作“酒中仙”，甚至连天子召他为诗作序都推脱不去，除了李白，怕是没有几人有这样的胆量了。

酒是李白创作诗歌的催化剂，也是李白诗中经常出现的物件。李白一生之中写过许多与酒有关的诗篇。《月下独酌》是一篇由四首五言古诗构成的组诗，其中，第一首最为出名，在世间流传也最广。该诗从另一个角度描写了诗人在寂寞环境中乐观洒脱、及时行乐的心态，将一人独酌这件原本孤独冷清的事写得非常热闹，读起来也朗朗上口。

月下独酌四首（其一）

花间一壶酒，独酌无相亲。

举杯邀明月，对影成三人。

月既不解饮，影徒随我身。

暂伴月将影，行乐须及春。

花丛之中，有一壶美酒散发着它的醇香。我独自斟酌着美酒，身边没有人与我共享。明月静静地挂在夜空，我举起酒杯邀请它与我共饮，再加上我的影子，刚好三个人。可明月不懂得如何与人共饮，我的影子也只会悄悄地跟在我身边，不懂得品尝美酒的芬芳。我只能暂时把它们当成我的伴侣，如此良辰美景之下，就应及时行乐，否则便等于是浪费了时光。

我歌月徘徊，我舞影零乱。

醒时同交欢，醉后各分散。

永结无情游，相期邈云汉。

我放声歌唱时，明月在我上方幽幽地徘徊；我纵情舞蹈时，影子在我脚下零乱地转动；我尚未喝醉时，我们一同在夜色之中共享欢乐。一旦我醉了，它们就会悄然离开我，在我不知不觉中与我分散。愿明月、影子与我能够永远这样忘情地欢乐，纵使今日分离，也能在他日再次相见，重温美好的今天。

人是群居动物，所以害怕孤单。因为害怕孤单，所以寻找同伴。

形单影只是孤单。晴天时的孤单，会令人感到阳光异常刺眼，将双眼刺痛到流泪；阴天时的孤单，会令人感到空气异常沉闷，将胸口压得喘不过气；冬日里的孤单，会令人感到寒冷的天气越发寒冷，整个身体从内到外都是凉的；夏日里的孤单，会令人感到嘈杂声无处不在，心烦得无法安宁。

为了避免孤单，有些人不断地寻找，又不断舍弃，身边的人接连更换；有些人不断被身边的人弃而不顾，却仍然固执地不停寻找；有些人认为自己找到了期望中的人，却不想那人在自己身边来了又去，去了又来，自己在分分合合中饱受折磨，却始终舍不得放手；有些人索性只往人多热闹的地方挤，将自己置身于高涨的热情氛围中，不在乎那种热情会像烟花般转瞬即逝，也不管那些人终究能不能成为自己的同伴。

有时，我们越是害怕一件事，就越是无法摆脱，也越容易被它所控制，最后只得陷入一种恶性循环之中。面对孤单也是一样，害怕孤单的人，一味地想要逃离孤单，却始终逃不出孤单。孤单就像一个怪兽，当我们害怕它，拼命想要用各种方式赶走它，或者四处逃避它时，它就越发地得意，一次又一次驱赶着我们，然后看着我们惊慌失措的样子开心地大笑，笑我们的软弱和无助，也笑我们的胆怯和无能。

几乎所有人都曾经历过孤单，却不是所有人都会因此惆怅低迷。内心充实的人不害怕孤单，因为他们知道，孤单只是一种表象，他们可以独享一段时光、一首歌曲、一篇散文、一处风景……等遇到知己时，再拿出来与那些人共享；性格洒脱的人不害怕孤单，因为他们知道，孤单是件平常事，人生漫长，起起伏伏的事太多，与其将大好的时光浪费在纠结这些小事上，不如及时行乐。

其实，孤单并不可怕，当我们坦然面对它，接受它，它就在我们面前低下头来。

欢言得所憩，美酒聊共挥

《下终南山过斛斯山人宿置酒》李白

李白的诗大多是通过描写自然风光抒发自己的情感，或借一些意象来表达自己不事权贵的傲骨，又或是通过对情节、人物的描写来表达对民间疾苦的同情。他也喜欢引用神话传说中的素材，加上自己的想象力，创造出一个理想中的世界。至于田园主题的诗，李白很少写，却并不是没有。《下终南山过斛斯山人宿置酒》就是一首以描写田园生活为主题的诗。

斛斯山人是一位居住在山中的隐士，斛斯为复姓，山人指隐士。一次，李白受他之邀去他家中做客，两人聊天喝酒直到深夜。深山之中，两人都将世间琐事抛却一旁，尽情饮酒，尽情欢唱，完全不用理会世俗的眼光，好不自在。最后，两人都陶醉了，既是因为喝了酒，也是因为心中的情感得到了宣泄，于是李白将自己的经历和感受加以渲染写成了诗，就是这首《下终南山过斛斯山人宿置酒》。

在陶渊明的影响下，唐朝的田园诗多以小村、田家、饮酒为题材，诗风平和舒缓，透着恬淡闲适的意境。李白的田园诗则在氛围和语气上与其他田园诗都有不同，诗意洒脱，并有意渲染，对感情的抒发比较明显，这也与李白浪漫、潇洒、豪放的天性有关。对于此诗的写作时间有两种观点，一种观点认为此诗作于李白在朝任翰林供奉时期，另一种观点认为此诗作于李白晚年隐居终南山时期。究竟哪一种观点是正确的，我们无从考证，但可以确定的是，李白在诗中抒发的情感是真实的，他十分乐于享受这种美景在眼前，知己在身边的隐居生活。

下终南山过斛斯山人宿置酒

暮从碧山下，山月随人归。
却顾所来径，苍苍横翠微。

傍晚时分，我走下终南山，山中的明月随着我一步一停，仿佛想要送我回家一般。我驻足回望下山时走过的小路，路已看不清晰了，只看到一片苍茫的山林。

相携及田家，童稚开荆扉。
绿竹入幽径，青萝拂行衣。

我遇到了斛斯山人，他邀请我去家中做客。我们走到他家门外时，有小孩子迎上来为我们打开柴门。通往他家的小路两旁是翠绿的竹林，显得此处格外幽静。我缓缓前行时，有青萝的枝叶拂过我的衣裳。

欢言得所憩，美酒聊共挥。
长歌吟松风，曲尽河星稀。
我醉君复乐，陶然共忘机。

我们在他的家中相谈甚欢，轻松的氛围让我感到十分惬意，身心都得到了休息。此时此景自然少不了喝些美酒，我们一边聊着，一边频频举杯对饮。兴起之时，我们对酒唱起松风之歌，歌声随风飘进了幽密的松林。曲罢歌停时已是夜深，天上的银河已经星光稀微。斛斯山人见我醉了十分高兴，这恰好说明我们的欢乐非常真实，远离了世俗的心机。

孩童容易快乐，容易满足，容易发现生活中的美好，是因为他们内心单纯。他们活得真实，没有伪装，喜欢不喜欢都写在脸上，想要什么便大声说出。他们快乐了便笑，难过了便哭，对喜欢的人主动亲近，对不喜欢的人自动远离。他们能够很坦然、很自然地说出“我爱你”或者“我讨厌你”。他们对自己是坦诚的，对他人是坦诚的，对这个世界也是坦诚的。

是什么时候开始，我们失去了快乐的能力？又是什么时候开始，我们失去了对美好的感知？或许，就是我们“长大了”的那一天吧。“长大了”之后，我们开始学会掩藏真实的心思，学会利用别人的感情，学会自欺欺人，学会虚伪，学会算计。我们一边学，一边告诉自己这个世界就是这样，所有人都是这样，不要单纯，不要坦诚，要有心机，会算计，才能得到自己想要的，才能保护好自己。

可是，真的是这样吗？

当我们的心机越来越重，我们的心也越来越沉重。我们对身边的人心生怀疑，对这个世界心生怀疑，最后甚至对自己都心生怀疑，怀疑自己看到的一切都不是真的，怀疑自己一直追求的并不是真正想要的，怀疑自己的努力都没有任何意义。压抑感从心底生出来，令人呼吸困难，令人感到不安，心里苦闷，脸上却还硬撑着笑容。

心机太重，人就容易失去感受快乐的能力。太注重提防，就会顾不上留意身边的美好，那些细微但是美好的东西，那些看似微不足道却温暖人心的小事，那些一直存在的美丽的风景。心机太重，总是压抑着真实的想法和渴望，就没办法令内心情感得到释放。许多人在心机之中迷失，找不到出来的路，最后只能将错就错地走下去。偶尔也会听到那个真实的自己轻轻呼唤，却无法看清楚他的模样。

我们可以成熟，但是不要有太多心机。保持内心的单纯，像孩子般真性情，坦诚地面对自己，就会发现快乐其实很容易。

安能摧眉折腰事权贵，使我不得开心颜

《梦游天姥吟留别》李白

李白是自由的，他的心时时向往着自由，于是人也不拘小节，不受世俗的束缚，敢想敢做，敢爱敢恨。现在的人总说，想要一次说走就走的旅行，却因为各种不得已，很少有人真的能做到。然而在一千多年前，李白做到了。他四处游历，说走就走，从不在意自己的离开是否会影响仕途，令他失去荣华富贵和地位。或者我们可以说，正是因为李白重视精神上的富有，轻视那些物质上的富有，所以才能够一直自由自在，过得洒脱快乐。

古代的帝王称自己为天子，认为自己所处的位置是至高无上的，所有人都应向自己低头称臣，卑躬屈膝，李白在宫中的那段日子，虽享受着帝王的优宠，却也始终居于人下，并不能像在宫外那样洒脱。唐天宝四年（745年），李白准备离开东鲁，去南方吴、越两地游历。临行前，他与东鲁的好友们话别，并写下了这首《梦游天姥吟留别》，诗的最后两句堪称传世经典，李白以此将他在宫中受到的屈辱一吐而快，并表达了他向往自由自在的生活，不愿屈奉于权贵的感情。

梦游天姥吟留别

海客谈瀛洲，烟涛微茫信难求；
越人语天姥，云霓明灭或可睹。
天姥连天向天横，势拔五岳掩赤城。
天台四万八千丈，对此欲倒东南倾。

有从海上来的客人谈起那海中仙山瀛洲，说海上烟波迷茫，想要找到那里实在太困难。越国人谈起传说中的天姥山，说等到云霞忽明忽暗时或许还能看见。天姥山高耸入云，与天相连接，气势仿佛能够力压五岳，将赤城掩盖。天台山虽高四万八千丈，在此山面前也只能甘拜下风，向东南方倾倒。

我欲因之梦吴越，一夜飞度镜湖月。
湖月照我影，送我至剡溪。
谢公宿处今尚在，渌水荡漾清猿啼。
脚著谢公屐，身登青云梯。
半壁见海日，空中闻天鸡。

我因对天姥山心生向往，便在梦中前往吴越，一夜之间便飞过了月下的镜湖。湖中的明月照出我的影子，与我同行至剡溪。谢灵运当年的住处如今还在那里，看得到碧绿的水波，听得到凄清的猿啼。我穿上谢公曾经的木屐，登上那直入云霄的高梯。攀至中途，我看到了海面上升起的红日，听见了天宫中报晓的鸡鸣。

千岩万转路不定，迷花倚石忽已暝。
熊咆龙吟殷岩泉，栗深林兮惊层巅。
云青青兮欲雨，水澹澹兮生烟。
列缺霹雳，丘峦崩摧。
洞天石扉，訇然中开。
青冥浩荡不见底，日月照耀金银台。
霓为衣兮风为马，云之君兮纷纷而来下。
虎鼓瑟兮鸾回车，仙之人兮列如麻。

上山的路千回万转，我为那倚着岩石生长的奇花着迷，不知不觉天色已暗。熊的咆哮声和龙的吟叫声震荡着山泉，深林听了为之战栗，层层的峰峦也为之惊恐。阴云密布，大雨马上就要来临，水面上弥漫起的雾气像烟一样朦胧。电闪雷鸣劈开了山峰，也打开了仙人洞府的大门。洞中有浩荡苍茫的青天，一眼望不到边际。神仙居住的金银台沐浴着日月同辉的光芒。云中的神仙纷纷从天而降，他们骑着风做的骏马，穿着云霓做的衣裳。老虎演奏着琴瑟，凤鸟驱着长车。成群结队的仙人密密麻麻地降落。

忽魂悸以魄动，恍惊起而长嗟。

惟觉时之枕席，失向来之烟霞。

世间行乐亦如此，古来万事东流水。

别君去时何时还？且放白鹿青崖间。须行即骑访名山。

安能摧眉折腰事权贵，使我不得开心颜！

忽然间我的魂魄悸动不已，恍然惊醒才发现刚才所见皆是梦境。梦中美丽的烟雾消失得无影无踪，只能看见熟悉的枕席，这让我不由得深深叹息。人世间的行乐皆是如此，自古以来，所有事都像流水一样东去不会回头。今日与你一别，我也不知何时才能再回来。就让我把白鹿寄放在青崖间吧，想要走访名山时，再将它骑走。我才不肯在权贵面前摧眉折腰地侍奉，令自己无法开心自在！

有不少人曾大声宣告，自己定会坚守本心，保持气节，最后却不得不为了一些目的而迎合自己不喜欢的人和事，在比自己强的人面前阿谀奉承，卑躬屈膝。人前喜怒不形于色，人后独自叹气。也有不少人在利益面前失掉了自己的人格，最后竟成为了自己当初最不想成为的人，面对比自己弱的人，趾高气昂，盛气凌人。

人一生做到不卑不亢当真不易，特别是在权力和利益面前，很少有人能够一直保持坦然，不在意结果，只求问心无愧。哪怕不被人理解，哪怕会让自己遇到阻碍，也始终保留着那一份坦然和镇定。若是真能做到如此，世间怕是就没有什么能够让他感到沉重的事物了。

当现实与理想发生冲突时，是屈服于现实，还是坚持理想，这是很多人都面临过，或者即将会面临的问题。不卑不亢不等于无欲无求，理想还是有的，只不过不会为了一时的安稳而屈服于自己不认同的人，屈服于有权有势者施加的压力，屈服于所谓的残酷现实。那份坚持，是自己的，与他人无关。

愿每一个人都能够守护住自我，不卑不亢，在这世间坦然地生活。

第三章　独善其身，拒同流合污

归来使酒气，未肯拜萧曹

《白马篇》李白

现在的人常说孩子要富养，这样他们便不需要从小受到生活上的种种局限，有机会接触更广阔的世界，眼界就会变得开阔，心态也容易平和。李白可以算得上是被富养长大的孩子，他幼时家境优越，衣食无忧，这也使得他在生活中不会将物质上的富有看得过重，反而更关注精神上的富足。

李白身上有一种任侠的风骨，他嫉恶如仇，既想要惩恶扬善，有所作为，又想要独善其身，不受约束。在他眼中，传统的礼法是负累，名利是约束。他并未不曾渴望在政治上有所成就，但与其他人不同的是，他的抱负在于能够遇到一位理解自己的伯乐，因欣赏他的才能而起用他，支持他，让他可以尽情施展自己的才能，协助君王安邦定国，创造一片美好的天地。于他而言，那种实现自身价值的成就感远比获得高官厚禄产生的成就感强烈得多。

在李白的一些诗作中，我们也能读到他这种想要独善其身的情感。《白马篇》就是其中一篇。在这首诗里，李白注入了热烈的感情，运用其丰富的想象，塑造出了一位武功盖世，却又不慕权贵的侠客形象。

白马篇

龙马花雪毛，金鞍五陵豪。
秋霜切玉剑，落日明珠袍。

你所骑的龙马浑身洁白如雪，马背之上有金色的马鞍闪耀。你所佩戴的宝剑通体散发着秋霜般的银光，可削玉如泥。你所穿的衣袍上镶嵌着耀眼的明珠，散发出如落日一般的光芒。世人初见你，皆不由感叹，好一位五陵豪侠。

斗鸡事万乘，轩盖一何高。
弓摧南山虎，手接太行猱。
酒后竞风采，三杯弄宝刀。
杀人如剪草，剧孟同游遨。

你原本是侍奉皇上斗鸡之人，因善于斗鸡而备受宠幸。你乘坐的马车上方有篷盖遮蔽，象征着你是身份高贵的人。你武艺高超，身手比得上晋朝的周处，开弓可射杀南山中凶猛的老虎，伸手可抓住太行山中善于攀援腾跃的灵巧猿猴。三杯酒入了腹中后，你展露风采，笑着舞弄起了宝刀。你刀法极快，游刃有余，杀人如同剪草。你结识了世间的豪侠，与他们一起四海遨游，好不风光快活。

发愤去函谷，从军向临洮。
叱咤万战场，匈奴尽奔逃。
归来使酒气，未肯拜萧曹。
羞入原宪室，荒淫隐蓬蒿。

终于，你想要改变这样四处游荡的生活，想要发愤图强。于是，你放弃了安稳、奢侈和逍遥，跟从军队去了临洮的函谷关。在那里，你奋勇杀敌，身经百战，叱咤风云。你的英勇令匈奴闻风丧胆，四处奔逃。战争胜利了，你满载荣誉凯旋，当初的豪气却未有一丝更改。你因酒使气，不肯向萧何、曹参之类的官员下拜，居功邀赏。最终，你决定效仿春秋时的原宪，去那长满蓬蒿的荒僻之地居住，此生安贫乐道。

君子，重理想，轻虚名。所为之事，必是心中认定正确、符合道义之事，而非为名为利之事。事成便心满意足，即便无名无利，得不到任何回报，心中也会感到充实而满足。

在这世上，有一种观点叫“功利心是人拼搏的动力”。持这种观点的人认为，若无功利心，做一切事皆凭兴趣，兴起之时去做，兴灭之时停止，定会一生碌碌无为。若无功利心，只有图些什么，做起事来才会有顾忌，才会因在乎和担心而拼尽全力，逼迫自己一定要将事情做成。其实，世间之事并没有那么绝对。理想不等于功名，许多人虽然一生都不渴望成名，不渴望提升自己的地位和身份，却仍然一直坚持着他们的理想，一直默默地坚守着心中的信念。

有些人将所做之事看作自己一生的使命，他们从来不去考虑自己做了之后能够得到什么，只要事情的结果符合预期，他们就心满意足了。有些人从不计较过程中的得失，也不计较结果会对世界产生什么影响，他们追求的只是一个真理，只要最后能够证明自己追求的确实是真理，那就够了。在世一天，便努力一天，维持一天。日复一日，年复一年。

声名远扬固然风光，可名与利毕竟是身外之物，与钱财一样，生不带来，死不带去。追求名利不是错，但只顾追求名利，处处计较，时时衡量，有利可图方可去做，无利可图便要置之不理，未免会错过生命中的许多精彩。当一个人做一切事都只为了名与利时，追求成功的过程就不再是一种享受，而是一种折磨和压抑。

君子做事，因为思想单纯，杂念少，所以简单不累。杂念少了，就更容易静心思考，更容易想明白什么才是最原始的、最真实的理想。再大的名利都不及心里踏实更容易让人幸福，只要确定自己所做的就是一直所追求的，就足够了。

无人信高洁，谁为表予心

《在狱咏蝉》骆宾王

唐朝诗人骆宾王，自幼聪慧，七岁便能成诗，并因一首《咏鹅》而被人们称之为“神童”。骆宾王文采出众，才华横溢，擅作七言歌行，是初唐时期难得的优秀诗人。后人将他与王勃、杨炯、卢照邻合称为“初唐四杰”。

父亲身故后，骆宾王有心靠自己的努力取得功名，入仕之路却并不顺利。他第一次就职是在唐太宗同父异母的弟弟李元庆府上任幕僚。四年任期将满时，李元庆想向皇帝推举他，便劝他写一封自荐信。自小受到儒家思想熏陶的骆宾王面对如此明显的暗示，却并没有感到喜悦。在他看来，自荐这样的事有违他的原则，于是他离职归隐，继续读书，打算通过参加考试的方式入仕。

之后的日子里，骆宾王曾为官，也曾被谪，曾在朝，也曾外放。任长安主簿时，他因看不惯武则天当政，多次上书讽刺，得罪了权贵，被打入监狱。尽管如此，他在狱中仍然不改自己的初心，并写下了《在狱咏蝉》一诗。此诗是一首感情充沛的咏物诗，同时一物双关，借物寄情，既抒发了骆宾王心中的悲愤，也以此表明他志向高洁，不畏权贵。

在狱咏蝉

西陆蝉声唱，南冠客思侵。

那堪玄鬓影，来对白头吟。

秋天的蝉在西墙外不住地鸣唱，囚牢中的我听着蝉鸣，思绪飘去了很远的地方。如今我年纪尚轻，明明是大好的时光，却只能蹲坐在这里，吟诵着

《白头吟》那样充满哀怨的诗行。

露重飞难进，风多响易沉。

无人信高洁，谁为表予心？

秋天的露水很重，打湿了蝉的翅膀，令它无法高飞。风声太大，再响亮的蝉鸣也被风声淹没了。秋蝉以露水为食，却没有人相信它的高洁，令它蒙受冤屈。我受的冤枉，这世上又有谁能为我澄清呢？

对于品性高洁的人来说，最痛苦的事莫过于无端蒙冤却无从辩解。一个生活中严于律己、工作中恪尽职守的人，一生清清白白，谨言慎行，每欲行一步，必先确定落脚之后是否会陷入泥泞；每欲出一言，必先确定所言属实；每欲为一事，必先确定此事对得起自己的良心。最后，却因为一个无端落到头上的罪名，不得不承载世人鄙夷的眼光、不属实的辱骂和冷言冷语的嘲讽，只是想想都觉得寒心。

古时，许多正人君子只因不肯放下他们的尊严，不肯低下高贵的头，便被谗言迫害；许多文弱书生只因不肯摒弃他们的清高，不肯攀附权贵，便一生有志难酬。礼崩乐坏的世道下，那些游手好闲的纨绔子弟反而容易飞黄腾达，那些飞扬跋扈的王公贵族在嘴唇一开一合之间便能将看不顺眼的人置于死地。

权力似乎成了世间的主宰，除去权力，卓越的才华也好，高洁的品质也罢，都难以让一个人立足于世。一些有志之士坚守着自己的信念，不肯违背道德礼教，不肯通过讨好权贵来谋一官半职。他们期待着帝王有朝一日能够体察到民情，能够广纳世间贤才，使他们有机会为帝王出谋划策，报效国家。然而帝王的双眼被奸佞之人遮住了，他们闭目塞听，完全不去理会那些悲愤的呼喊，只愿相信眼前天下太平的假象。

一些身在朝中的正直之人心中悲痛，他们不肯同流合污，试图与朝中的贪婪和腐败作对，并试图用文字唤醒帝王，清理朝中污浊之气，整顿朝纲。然而他们势单力薄，有心而无力。他们的努力犹如螳臂当车，被强大的势力轻轻松松碾压。他们激怒了那些有权有势之人，于是，他们被扣上条条虚构的罪状，来不及分辩，就被打入了牢狱之中。

他们知道那些高高在上的人想要什么，要他们的认输，要他们的乞求，但他们不肯。为了自由而将自己推入泥潭，向权力低头妥协，承认不曾犯过的错误，他们不甘心。于是，他们坚持着，宁可艰难度日，也要坚持着，宁可贫困终老，也要坚持着。哪怕在昏暗的世道下中苟延残喘，也要求一份心安。他们坚强地活着，忍耐着。他们的心，天地为证，日月可鉴，所以他们始终活得坦然。

污蔑只能将一个人推入深渊，却无法真正毁去一个人的清白。阴云散尽，露出青天白日时，他们的冤屈也终于得以洗刷。虽然他们已经无法亲眼看见，但他们留在世间的是美名，后人对他们的是敬仰。他们的理想也终究得以实现。

波澜誓不起，妾心古井水

《列女操》孟郊

孟郊，唐朝诗人，家境清贫，自小性格内向，有些孤僻，极少与人来往。中年时，孟郊入京参加考试，结识了韩愈和李观，因性情相投，遂成为好友，开始常有文学等方面的交流。在韩愈的推荐下，孟郊的诗开始有了名气，其人也开始有了些许名气。

孟郊为人清高且保守，“耻从新学游，愿将古农齐”。在他看来，自己是君子，所以不必与不是君子的人相交。他认为，能与自己成为知己的人必然是君子，若是暂时没有遇到也不必着急，总有一日，会有懂他的人出现。他不愿沦于世俗，为官之后所结交的人也都是德才备重、遵古训、重道义之人。

孟郊的一生十分不顺。起初，他屡试不第。直到约45岁时，孟郊才终于入仕。然而在这之后，他的仕途又一直不顺利。据传，奉母亲之命参加洛阳的铨选而被任命为溧阳县尉后，孟郊的心态开始变得消极，大多时间都用来研究诗文而非事务。溧阳县令见状，便另聘他人替代孟郊处理事务，并削减了孟郊一半的薪酬，作为聘请替代者的费用。到了晚年，孟郊的仕途终于相对稳定，也不用再担忧衣食的短缺。可没过多久，他又经历了丧子之痛，白发人送黑发人。

在充满坎坷的一生中，唯一能让孟郊得到慰藉的事情就是作诗。他一心想要振兴诗坛，在诗中主张仁义道德，批判叛乱犯上，尽情释放着复古思潮。在他的诗作中，《列女操》一诗从表面上看是在写一位贞洁的妇人宁可为夫殉葬也不肯屈于权贵，其实也在表达他自己不愿屈于权贵，不肯和权贵之人同流合污的决心。

列女操

梧桐相待老，鸳鸯会双死。

贞女贵徇夫，舍生亦如此。

波澜誓不起，妾心古井水。

梧桐有雌雄，相依相守直至终老。鸳鸯一生成双对，一只死去，另一只便会相随。贞洁的妇人会对身故的丈夫以死相从，宁可舍弃生命也要守住自己的忠贞。如今我对天发誓，丈夫死后，我的心便会依然忠贞，此生就如古井中的水一样波澜不惊。

人的一生说长也长，说短也短。大多数人的一生只有几十年。年少时，我们以为一生很长，生活过得很慢，总是期盼着快一些长大。成年后，我们才发现一生没有想象中那么长，很多美好的时光转瞬即逝，再也回不了头。随着年龄的增长，我们越来越觉得时间过得太快，快到不知不觉中，眼角就多了皱纹，皮肤不再紧绷，肌肉变得松弛，身材开始走样。

当我们开始感叹时光的飞逝，我们的心就开始一点点动摇，曾经坚持的那些信念、习惯，也都渐渐开始淡化。很多人想着，既然人生苦短，不如及时行乐，何必死守着当初许下的诺言，何必非要坚持曾经被灌输的思想，让自己过得清苦无趣呢？于是，他们的生活中多了许多“无所谓”，特别是诱惑当前时，那种“无所谓”的念头就更占了优势。

诱惑是一种奇妙的东西，它能激起人的欲望，令人为之疯狂，不计后果。诱惑如同罂粟花，开起来很美，太靠近它，却会被它所伤。诱惑往往会将人卷入无尽的深渊，所以我们才需要用信念抵御它的侵蚀，克制自己的欲望。一旦我们觉得信念是件“无所谓”的事，我们就很难抵抗得住诱惑，会被它拖入漩涡里，然后沉浸在那种短暂的刺激和享受中。

人在享受时，总会觉得时间过得飞快，在吃苦时，则觉得时间过得缓慢。

诱惑能给人一时之快，持续的时间却不长久。金钱、权力、美色、地位、名利……人的一生总会经历许多诱惑，有些人抵抗住了诱惑，继续过着看似艰苦却内心踏实的生活；有些人被诱惑所俘，于是抛开了道德伦理，甚至自尊，放纵、任性，也偶尔受到理智的折磨。很多人有一次抵不过诱惑，就很容易有第二次，第三次。次数越多，就越会对那种短暂的欢愉和享受产生贪婪，进而不住地索求。索求的次数越多，越频繁，内心就越来越难以满足。

抵御了诱惑的人或许没能得到名贵的物件，可以任意挥霍的金钱，为所欲为的权力，高高在上的地位，却得到了世人发自内心的敬佩和尊重。更重要的是，无愧于心的坦然能带来无与伦比的幸福感和满足感。

草木有本心，何求美人折

《感遇》（其一）张九龄

张九龄，唐朝开元年间名相，为人正直，有识人之能，曾格外得唐玄宗器重。然而到了开元末年，唐玄宗开始沉迷享乐，疏贤宠佞，忽略朝政，张九龄这样生性耿直、公正无私的人在朝中也就难有作为了。

唐玄宗的宠妃武惠妃知道唐玄宗用人任人惯以张九龄为参照，并且非常信赖张九龄所推荐之人。为了让自己的儿子取代太子之位，她派人贿赂张九龄，希望张九龄在唐玄宗面前多为自己的儿子美言几句，令唐玄宗觉得太子无能。张九龄没有接受她的贿赂，也没有按照她的希望去做，令她的阴谋没能得逞。

唐开元二十三年（735年），张九龄在朝中任知政事，掌管政事。唐玄宗的宠臣李林甫嫉妒张九龄在朝中的威望，有意提拔自己的人牛仙客入朝为官掌管政事，并多次为其美言。唐玄宗听了，心中动容，有意应允。张九龄认为此人无法胜任，于是多次上书唐玄宗，称此人不行。唐玄宗在李林甫的挑拨下，对张九龄略有不满，于次年免去了他知政事一职。

唐开元二十四年（736年）时，张九龄接到一封提议斩首安禄山的奏折。经过一番明察秋毫，他认为安禄山既犯军法，确实当斩，于是将此奏折呈报唐玄宗。然而，唐玄宗却因对安禄山有着不忍不舍之情，没有采纳。安禄山得知此事后，对张九龄怀恨在心，其党羽也处处与张九龄作对。

受到李林甫与安禄山两位奸臣的敌视，张九龄在朝中的日子更加难过，但他从未改其正直的性格，坚守道义，不肯结党营私，也不肯攀附权贵。身居高位，他无法像平常书生一般大胆作文抒发情绪，更不能表达对朝政的不满，只能选择冲和雅正的风格，将自己高尚的情操通过诗歌表达出来。《感遇·其一》就是一首这样的诗，该诗作于张九龄被贬为荆州长史时期。

感遇（其一）

兰叶春葳蕤，桂花秋皎洁。
欣欣此生意，自尔为佳节。

兰草在春季里长得十分茂盛，桂花在秋季里皎洁无瑕。自然界中的草木一派生机勃勃、欣欣向荣的模样。这便是顺应了美好的时节。

谁知林栖者，闻风坐相悦。
草木有本心，何求美人折？

谁会想得到山林之中有隐居的高人，因闻到了随风飘入的花香而心中充满喜悦。那草木会散发出它们的香气完全是天性使然，怎么会希望有观赏的人将它们折断呢？

这世上总有一些人，希望自己一生清清白白，坦坦荡荡。他们不求扬名立万，不求名垂千古，只求临终时可以问心无愧。荣华富贵固然美好，但不是属于自己的，就绝不强求。权力固然诱人，但若是为了拥有权力而放弃道义，便宁可不要权力。成功固然重要，但若是为了成功而伤害无辜之人，便宁可不要成功。

有人说他们太傻，瞻前顾后有什么用？一心为他人着想又有什么用？到头来害自己一事无成，苦了自己，也苦了后代。这世上，总有人要牺牲，适者生存，谁也不是圣人，何必悲天悯人。

有人说他们太假，口中说着不计较名利，却是沽名钓誉之徒，不然，何必那么在意自己的形象，在意世人的评价？看似清高，不过是为了名誉而故作清高罢了，为了得个好名声，不肯承认内心的欲望。

这些议论，他们听到过很多，却只是轻轻地摇一摇头，或微微地叹一叹气。他们知道，这世上不理解他们的人太多，多到难以想象，如果他们总是在意这些评价，因为恶意的评价而烦心，因为恶意的评价去努力辩解，那才是真的傻。

世间故作清高之人并非没有，而且不少。故作清高的人会一边对外扮演着清高者，一边暗地里做一些见不得人的勾当；会为让自己的仕途更加顺利，获得更多的利益而故意让自己看起来很清高，在特定的时间、地点、场合表现得不图名利，似乎坚守着单纯善良的心。仅仅因为不愿说谎而不去说谎，因为不喜欢伪装而不去伪装，因为不赞成算计而不去算计，因为习惯了循规蹈矩而循规蹈矩，因为习惯了坦诚而坦诚，因为习惯了真实而真实，那都不叫故作清高，而叫真实。

清高的人保持自己的本心，不与奸恶之人同流合污，只是一种习惯。他们并非刻意做给人看，也并非为了世间的评价。就像兰花，优雅淡然地吐露芬芳，也只是一种习惯。它们的绽放不是刻意为了让人们称赞它的优雅和芬芳，也不是为了引人注目和歌颂，更不是为了有人将它们摘下。

有清白的人，才有清白的世界。诱惑当前，发自内心地不喜欢，所以排斥，或者知道是陷阱而不去碰触，这样的人，就是清高的人。一个人的清高若是没有所图，便不叫虚伪，而是天性。

居高声自远，非是藉秋风

《蝉》虞世南

虞世南，字伯施，生于南朝，长于唐朝，终于唐贞观十二年（638年）。虞世南幼年丧父后，因博学聪敏受到陈文帝照拂，后在朝中任建安王法曹参军。南朝陈灭亡后，当时还是晋王的隋炀帝杨广得闻虞世南声望显赫，特派人召其入宫，并在登基后先任命虞世南为秘书郎，随后升其至起居舍人。

因为受到隋炀帝的重用，虞世南在朝中十分显贵，但他并未因此而减少对自身的约束，仍然过着清贫节俭的生活，性情也一如往常那般沉静寡淡，恪尽职守，一日三省己身。而后，虞世南两次易主，先经历了江都之变，跟在宇文化及身边，后又被窦建德所俘。虽然常言道一朝天子一朝臣，但是宇文化及和窦建德都对虞世南十分客气，并授予他官职。窦建德被李世民所灭后，虞世南又被召入秦王府，任王府的参军。

李世民登基成为唐太宗时，虞世南因年事已高，有意辞官归老，唐太宗却舍不得放他回去，留他在朝中继续任职，这一留就又是十二年。其间，虞世南直言敢谏，唐太宗对他欣赏有加，并对他的劝谏极为重视。唐太宗曾感慨，如果所有的大臣都能像虞世南这样恳切诚挚地与他讨论政事，天下何愁无法治理。

虞世南一生饱受掌权者和帝王的重视，却从未恃宠而骄，不可一世。他一生以儒学为规，修身力行，做人严谨，忧心天下，位高权重却能保持心性的高洁，并对儒学的推广起到了积极的作用。

古人认为蝉生于夏而死于秋，其间一直居于树上，风餐露宿，每日以露水为食，于是便用其形象比喻不食人间烟火的高洁品质。许多文人雅士也经常借蝉的形象来比喻自己，说明自己是具有高洁品质的人。在《蝉》中，虞世南用象征着达官贵人的“垂绥”来代表蝉，用“清露”代表高洁的生活和志趣，并用一个饮字将两个词连在一起。简单五个字，便塑造出了一个身份高贵又品性高洁的形象。

蝉

垂绥饮清露，流响出疏桐。

居高声自远，非是藉秋风。

枝头上的蝉用触角吸吮着清澈的露水，那模样看上去好像是官员们头上垂下的帽缨。那清朗的蝉鸣声飘得那么远，是因为它们居住在高高的树上，而不是因为有秋风帮它们千里传音。

曹丕在《典论·论文》中曾写道：“不假良史之辞，不托飞驰之势，而声名自传于后。”意思是高贵的君子，不需要有官员特意用优美的语言去赞颂他们，也不需要见风使舵地依傍权贵，借权贵的力量扬名于世，他们的品行照样能够被世人所知晓，他们的事迹和品性也会声名远播。

名声是靠人传播出去的，品性则不是。一个人的品性是否高洁，并不取决于是否有刻意的渲染和宣传。一个品性高洁、内心高尚的人，即使没有人宣传，也改变不了他高洁的事实。反之，一个人内心阴险狡诈，即使再多的人将他美化，为他宣传，他也始终无法成为一个真正高尚的人。

喜欢很久以前读到的两句话：与人不求感德，无过便是德；处事不必邀功，无过便是功。真正的君子从不需要刻意宣传自己如何高尚、正直、诚实、无私，这些优秀的品质自他们小时便已生长在他们的骨子里，然后通过他们的一言一行、一举一动，在不经意间便从他们身上散发出来。那是一种由内而外散发出的美，外人或许能够模仿他们的动作、语言、语调、表情，却一定模仿不出那种自然。

孔子说：君子不妄动，动必有道；君子不徒语，语必有理；君子不苟求，求必有义；君子不虚行，行必有正。即使身居高位，若是真的君子，也不会借此机会大肆宣扬自己的品质如何高尚，自己做过多少可歌可泣，值得人们敬佩和崇拜的事情。在他们看来，这些品质与生俱来，并没有什么值得宣传的；而他们做过的事情也不过是举手之劳，并没有什么值得炫耀的。

儒家有云："穷则独善其身，达则兼济天下。"意思是说君子会在自身处境困难时先守住自己的优良品质，在无力改变天下时先固守初心。待到功成名就、飞黄腾达之后，也要有关爱天下苍生的济世之心。

事实上，身为君子，身居高位时，只要保持平和、包容、仁义、谦逊的心态，坚持下去，自然就会有更多的人看到，也就会有更多的人将他们的事迹传播出去了。那些刻意宣传、包装自己的人，即使曾经是君子，一旦增添了虚荣之心，意欲通过宣传名声来求得更多的利，就少了谦逊之心，也就不再是君子了。

烦君最相警，我亦举家清

《蝉》李商隐

李商隐，字义山，号玉溪生，又号樊南生，晚唐著名诗人，擅长创作爱情诗，诗风优美，构思新奇。李商隐家境贫寒，他深知想要改变这样的生活，只有努力读书，考取功名。于是，少年时期的李商隐十分刻苦地学习，并在唐开成二年（837年）考中了进士。

有人说，李商隐是一个理想主义者：头脑天真，所以才会有非常丰富的情感，并创作出那么多描写情感的诗歌；性格执拗，所以才会既想要自己仕途顺畅，又因想坚守清高的志向而不肯走官僚路线，在官场之中左右为难。事实上，李商隐会有这样的性格，既有天性使然，也有环境影响。

出身于书香门第的李商隐，少年时曾师从一位隐士，向其学习古文。书香门第的出身令他早早地沾染了文人墨客的那种清高，跟随隐士学习的日子里，隐士的一举一动更是对他产生了深刻影响，令他成长为一个正直、不屑趋炎附势、刻意逢迎的人。

唐开成三年（838年）春，李商隐的恩师令狐楚辞世，一向与李德裕交好的泾原节度使王茂元邀请李商隐入其幕僚，并将自己的女儿嫁给了他。令狐楚与李德裕分属两派，很多人认为李商隐在恩师刚刚逝世后便立刻转投他派，不仁不义，是小人行为，对他颇有议论。此事一经传出，直接影响了李商隐的授官考试，令他在复审中被除名。虽然一年后，李商隐还是入朝做了官，但此事对他的影响却没有结束，并令他长期受困于排挤之中。

李商隐的《蝉》诗是一首借物咏怀之作，他希望借蝉之形来表现自己品格高洁，然而他的高洁之情并不被世人理解和接受。高洁之心无人懂，鸣冤呼声无人听，李商隐的处境每况愈下，最终于唐大中末年（约858年）在郑州抑郁而终。

蝉

本以高难饱，徒劳恨费声。

五更疏欲断，一树碧无情。

身居在高高的树枝上，整日风餐露宿，本就难以得到温饱。纵使每天不住地奋力悲鸣，诉说着怨恨，也都只是徒劳。那悲鸣听起来声嘶力竭，渐渐变弱，直到五更天方才停止，留下一树寂静。那高大的树却如此无情，仿佛不曾听见那悲鸣般，始终无动于衷。

薄宦梗犹泛，故园芜已平。

烦君最相警，我亦举家清。

官职卑微的我整日离家在外，漂泊不定，只能猜想老家中的院子，怕是已经荒芜不堪，满是杂草了。劳烦您以高亮执着的鸣叫声提醒我，令我瞬间明白，我家中会如此的贫困，也是因为我和你一样清高，渴望有清白的一生。

贫贱而不移，是君子之风。

我们不能选择我们的出身，但我们可以选择我们的品性，以及对待生活的态度。生于贫困并不是过错，可若是以贫困为由去做伤天害理之事，抢夺他人之财，诋毁他人之名，损坏他人之物，则是不可原谅的。

有人因贫而生欲，又因欲而生恨。他们痛恨那些富有的人，痛恨那些人从小锦衣玉食，总是轻而易举地拥有美味珍馐、宝马香车、温香软玉，拥有那些他们一直渴望却又无法触及的东西。于是，他们落草为寇，去偷盗，去抢夺，在一次又一次的放纵之中寻求满足。

也有人因贫而自卑，行走在人群之中，总是抬不起头来。贫困令他们内心感到沉重，这沉重却并非来自于缺衣少食，而是来自于攀比。他们对那些富有的人心生羡慕，却并不想去争取。他们自暴自弃，消极地面对自己的处境，消极地过着每一天，然后哀叹命运的不公。

还有人虽然贫困，却一直努力地活着，在人生的路上一步接着一步，扎实稳健地走着，向着期望的生活前行。他们不以贫困为耻，也不觉得自己低人一等。他们清清白白地活在这世上，踏踏实实地做着每一件事，不焦不躁，尽力而为。他们不排斥捷径，但在走之前，一定会确认那条路是否干净，上面是否设有陷阱。他们也想改变现状，想要成功，但违背道德的事，他们不会做。

因为家境贫寒，身份低微，他们有时不得不承受不公正的对待。权贵仗势欺人，飞扬跋扈，肆意践踏他们的尊严，并以此为乐。心术不正的官员想要将他们收为己用，但前提条件是他们必须低眉顺眼，向权势低头认输。可即便如此，即便有人整日在他们耳边碎碎念着，“放弃吧，只要放弃尊严，就可以获得你想要的一切”，他们的心也从未有过动摇。在他们的眼中，生活贫困不是堕落的理由。尊严诚可贵，是他们活下去的意义，也是他们活在这世上的根本，与之相比，财富便不算什么了。

生于贫困，问心无愧则心安。苦中作乐，宁可生活艰难，也不能自甘堕落，丧失尊严。

第四章　心存悲悯，哀民生疾苦

村寒白屋念娇婴，古台石磴悬肠草

《老夫采玉歌》李贺

李贺，字长吉，中唐时期著名浪漫主义诗人，开创了“长吉体诗歌”的先河。因其诗作中多出现神话传说的内容情节，故被后人称为“诗鬼”，也有人称其写的诗为“鬼诗”或“鬼仙之辞”。

从身份上来看，李贺拥有高贵的皇室血统，其祖上为唐高祖李渊的叔父李亮。然而虽为唐室远亲，李贺的家境并不富裕。这主要是因为武则天执政时曾对高祖的子孙进行大量杀戮，李贺的父亲为保性命，隐姓埋名躲到了昌谷。所以早在他父亲一代时，家世就已然没落了。又因一生居于昌谷，所以李贺也被后人称为“李昌谷”。

李贺少年聪慧，文思敏锐，十八岁左右便因其精彩的诗作而声名远播。然而，李贺的仕途却一直不顺利，先因其父去世守孝三年而推延了登科，后因其才华被人嫉妒而遭谗言诋毁不得不中途放弃考试。直到约二十二岁时，才在韩愈的推荐下得以参加考核，官从九品。

生性的浪漫，加上生活的坎坷，再加上为官期间在世间的所见所闻令李贺的诗歌中充满了对现实的不满，其诗作主要以借古讽今、发愤抒情、神仙鬼魅、咏物等为题材。在他的诗作中，《老夫采玉歌》是少数以现实社会生活为题材的作品之一。该诗描写的是统治阶级为了给贵妇们制作碧玉的步摇，强制征工辛苦采玉，连老人都难逃其害的情景。其中既有现实生活，又有艺术想象，将李贺独有的浪漫主义风格表现得非常到位，令人读过之后心生震撼。

老夫采玉歌

采玉采玉须水碧，琢作步摇徒好色。

老夫饥寒龙为愁，蓝溪水气无清白。

没完没了地采玉，没完没了地采玉，所采之玉必须是那生长在溪底的青色碧玉。采来这么多的玉是为了什么？不过是为了用来雕琢贵妇们头上戴的步摇，给她们增添几分美好的姿色。

饥寒交迫的老汉在溪中采玉，水中的蛟龙见状，也不由得感到发愁。原本蓝莹莹的溪水，被这么一搅，也就变得浑浊了。

夜雨冈头食蓁子，杜鹃口血老夫泪。

蓝溪之水厌生人，身死千年恨溪水。

夜晚留宿山中本就教人冷得难受，偏偏山中又下起了雨。采玉的人没有粮食，就只能拿榛子来充饥。杜鹃哀怨地啼叫，声声泣血，老汉悲伤的眼中也流下了如血的泪滴。

蓝溪水又深又险，极不喜欢有生人接近，不知已有多少采玉的工人在此处葬身。那些葬身于此处的冤魂，纵使千年之后，也无法消除心中对溪水的怨恨。

斜杉柏风雨如啸，泉脚挂绳青袅袅。

村寒白屋念娇婴，古台石磴悬肠草。

倾斜的杉树，山中的柏树在狂风暴雨之中猛烈地呼啸。一根长长的麻绳，一端系在采玉人的腰上，另一端拴在泉脚。采玉人从山壁上逃入溪水之中，绳索在风中摇摇晃晃，远远望去像是青烟袅袅。

老汉身在山中，却时时挂念着寒村茅屋中，自己娇弱的儿女尚在襁褓。山崖上的石阶中生长着的悬肠草象征着生离死别，令他见了心中格外的伤悲，不由哀叹自己若是命丧于此，家中的孩子又将如何是好。

回顾历史，统治阶级的奢靡浪费，权贵们的挥霍无度，换来的都不过是短暂的风光，最后都不得善终。民因君而怒，进而反，最后国破君亡的事不在少数，若不是统治阶级对百姓的压迫无度，索取无度，强制无度，积下了滔天的民怨，又怎会落到这样的下场呢？

至于权贵，有人说他们并非君王，不具备决定一国兴亡的能力，然而他们有权，有身份和地位，有些甚至还是皇亲国戚。他们的意愿不容反驳，否则就是对皇室的不敬，是对皇室的蔑视。他们高高在上，养尊处优，毫不体察民情，将剥削百姓视作心安理得，尽享奢侈带给他们的快乐。而百姓面对他们的压迫，除了忍受，别无他法。

心中的痛苦也好，痛恨也罢，只能埋在心里。纵使不情不愿，还有家要顾，有家人要养。那些被迫去做工的人只能努力地工作，不然，残酷的处罚不但会降临到自己身上，也会连累家人。

有太多人为了生计，忍痛离家，承受着巨大的痛苦，承受着可能失去生命的危险。而他们做的工，并非真的有意义，只是为了满足权贵们的奢侈生活，满足权贵们的私人欲望。这样为了徒劳无用的事情而兴师动众，劳民伤财，怎能不令人叹息！

有良知的人在呼唤，他们的呼唤却沉没在令人窒息的空气中。他们等待阴云散尽，却不知有没有机会看到明天。

穷年忧黎元，叹息肠内热

《自京赴奉先县咏怀五百字》杜甫

杜甫，字子美，唐朝现实主义诗人，因曾长居少陵，所以自号少陵野老。杜甫幼时家世优越，有幸接触到优良的教育，加之他年少聪慧，七岁便可作诗，后因其诗作而在翰墨场中声名大噪。

杜甫前半生因为家境的优越，生活富足安定，算得上无忧无虑。但因自小接受正统的儒家教育，这使得他拥有了一颗兼济苍生的心。无论自己处境如何，他都不忘关注民生，心忧天下，像他自己说的："穷年忧黎元，叹息肠内热"。后半生中，他因不善钻营，怀才不遇，仕途不顺，但这些都没有打消他对政治的积极性。安史之乱后，杜甫为躲战乱，弃官出仕。然而即便远离官场，他心系苍生、关心国事的习惯也没有改变。

杜甫一生创作的诗歌中记录了唐代由盛转衰的历史巨变，内容多涉及社会的动荡和政治的黑暗，并反映了人民生活的疾苦和社会矛盾。在诗中，他时时流露出他崇尚的儒家仁爱精神和强烈的忧患意识。

在杜甫的五言诗里，《自京赴奉先县咏怀五百字》是一首代表作，作于安史之乱之前。当时，安史之乱的消息还没有传到长安，但杜甫却敏锐地从他离开长安前往奉先县探亲途中的见闻感受到了一些端倪。于是，他写下了这首全篇共五百字的五言诗。

自京赴奉先县咏怀五百字（节选）

杜陵有布衣，老大意转拙。

许身一何愚，窃比稷与契。

杜陵有我这样一位布衣，年纪越大越不合时宜，老大无成。我也知道一直以来，我对自己的要求都太过愚蠢，竟然暗自下决心，想要向舜帝的两位名臣稷和契看齐。

居然成濩落，白首甘契阔。
盖棺事则已，此志常觊豁。

这样的想法大而无用，不符合实际，令我无法实现，还到处碰壁。如今我的头发已经白了，可还是甘愿为了实现这一想法而努力。如果有一天我的生命走到了尽头，棺材盖上了，这事也就只能算了。但只要我还活着，我的这份志向就不会转变。

穷年忧黎元，叹息肠内热。
取笑同学翁，浩歌弥激烈。

我整年整年地为百姓发愁、叹息，因想到他们处于苦难之中而忧心忡忡，心急如焚。虽然同辈的先生们时常取笑我，对我冷嘲热讽，可我的信念却更加坚定，斗志也更加激昂。

生常免租税，名不隶征伐。
抚迹犹酸辛，平人固骚屑。

我身为官员，既不需要缴租纳税，又不需要被迫服兵役，征战沙场。可即便如此，我还是经历了辛酸悲惨的遭遇。可想而知，那些避免不了被赋役骚扰的平民百姓们，日子一定更加的辛酸难熬。

默思失业徒，因念远戍卒。
忧端齐终南，澒洞不可掇。

我想到那些失去土地的农民们，没有了土地，他们都已倾家荡产。我又想到那些远在边疆驻守的士兵，他们为国而战，却还是缺吃少穿。想到这些，我心中的忧虑之情如同南山一般沉重。这忧虑不断扩大，大到没法收拾。

“仁爱”二字是儒家思想的核心。“仁”是一种修养境界，是一种博爱。仁爱包括仁爱之心，自爱，爱亲人，泛爱众，以及仁者与天地万物一体。

人要先有仁爱之心，才能去爱别人，才能对他人受到的苦感到同情，进而希望他们能够过得幸福。但在此之前，必须先自爱。若是不自爱，便不可能真正地爱他人。在儒家思想中，自爱是仁爱的起点，先自爱，然后去爱他人，进而不断提升爱的层次，仁爱便由此建起来了。

宋朝的范仲淹曾有两句经典诗句，即“先天下之忧而忧，后天下之乐而乐”。这两句话被后人称为忧国忧民、悲天悯人的最好的诠释。事实上，这两句话向我们传递的就是儒家的仁爱思想。

仁爱之人心地善良，视天下为一家，对世间一切都心存关爱。无论自身处境如何，他们都不会放弃这样的思想。生活优越时，他们不会心安理得地享受所拥有的，更不会沉迷于享乐，而是会忧虑那些身处困境中的人，想要找到一个办法令那些人的生活有所改善。生活困苦时，他们不会只关注自己眼前的困难，抱怨自己的处境，而是仍会忧虑那些与自己同样困苦，或者比自己还要困苦的人，并会试图帮助他们脱离困境。

拥有仁爱之心，爱自己，爱他人，爱天下，听起来很简单，做起来却并不容易。人们常说，一个人若是能做到如此，时刻心怀悲悯，忧他人之忧，忧天下之忧，那必然是圣人。其实，圣人也是人，之所以少见，只是因为圣人没那么容易做而已。

安得广厦千万间，大庇天下寒士俱欢颜

《茅屋为秋风所破歌》杜甫

有人称杜甫是“悲天悯人的行吟者”，仔细想来，确有它的道理。我们在读杜甫的诗时，总是能感到他对世道的忧虑，对百姓的同情。无论生活优越且安稳，还是在外漂泊无依，他都没有忘记关爱社会，总是惦记着除自己以外的人。那些人说到底与他并无直接的联系，或许是天下读书人，或许是以农为生的人，或许是一户普通的与他并不相识的村民。可是对他来说，这些人的生活都会牵动他的心。

杜甫性格顽强乐观，对于政治一直有着饱满的热情，在他的许多描写现实生活的诗作中，我们既能读到他的忧心，也能读到他对美好未来的期望。

《茅屋为秋风所破歌》作于他旅居四川成都草堂期间。此诗通过描述诗人一家“屋漏又逢连夜雨”的一次经历，通过三段铺垫，一段升华，表达了诗人虽然处境艰难，却在忧心自己的同时更忧心天下，渴望天下读书人都有屋可住的崇高思想，是一首充分体现了诗人忧国忧民之情的经典诗作。

茅屋为秋风所破歌

八月秋高风怒号，卷我屋上三重茅。

茅飞度江洒江郊，高者挂罥长林梢，下者飘转沉塘坳。

八月里秋高气爽，狂风怒号。狂风不体恤贫苦的我，冷漠地卷走了我铺在屋顶的好几层茅草。茅草随风而飞，飞过了浣花溪，散落在江边。有一些茅草飞得很高，飞过高耸的树林时，挂上了高高的树梢。有一些茅草飞得很低，起起落落，兜兜转转，最后落入了池塘，沉入了泥沼。

南村群童欺我老无力，忍能对面为盗贼，公然抱茅入竹去。
唇焦口燥呼不得，归来倚杖自叹息。

南村有一群小孩子欺负我年纪大了，没有力气，竟然能忍心当着我的面做“贼”，把那些吹落的茅草公然抱进了竹林。我急忙向他们呼喊，想要制止他们，可喊到口干舌燥也无济于事，只能回到屋里，拄着拐杖独自叹息。

俄顷风定云墨色，秋天漠漠向昏黑。
布衾多年冷似铁，娇儿恶卧踏里裂。

过了一会儿，风停了下来，只剩天空中的乌云仍没有散去。天色渐渐暗了下来，令原本就昏暗的天空更显阴沉。家里那一床布被已经盖了许多年，变得又冷又硬，好像一块铁板。又因为孩子睡觉时姿势不好，被子已经被蹬破了。

床床屋漏无干处，雨脚如麻未断绝。
自经丧乱少睡眠，长夜沾湿何由彻？

暴雨之中，屋顶一直漏水，令屋里找不到一点儿干燥的地方。雨点不断地打在屋顶，再在屋内滴落成线。自从安史之乱之后，我就很少睡过安稳觉，如今屋漏又逢连夜雨，如此长夜，叫我如何才能挨到天亮！

安得广厦千万间，大庇天下寒士俱欢颜，风雨不动安如山。
呜呼！何时眼前突兀见此屋，吾庐独破受冻死亦足！

如何能够在这世间建起千万间宽敞高大的房子，供天下那些贫苦的读书人居住？那房子当是安稳得如山一样，不惧风雨的侵袭，如此读书人的脸上才会露出笑颜。唉！若是有哪一天我能看得到他们住上那样高耸坚固的房子，哪怕只有我自己在茅屋里冻死，我也心甘情愿。

做一个心怀悲悯的人，心忧天下，将世间的不幸视为自己的不幸，整日思索如何能够改变世界，如何能够让人们过得更好，其实是件很累的事。而且这样的念头往往费力不讨好，不易被理解，反易被嘲笑。其实，悲天悯人并非是件多余的事。很多人认为这样做毫无意义，所悲的那些都是别人的，与自己无关。他们错了。

我们都生活在同一个环境中，就好比同一个村庄中相邻而建的一排茅屋。有一间茅屋旁边存在火灾隐患，就等于我们所在的整个环境都存在火灾隐患，身为其中一员的我们自然也无法避免可能发生的后果。如果我们想的是，这不是我的茅屋，我不需要在意，于是不理会，不告知，不提醒。待到某天，这间茅屋真的起火，之后火势随风蔓延，就必然会波及到我们。

帮人，也是帮己。当环境错了，世道坏了时，若是每个人都抱着“各人自扫门前雪，哪管他人瓦上霜”的念头，只顾自己，不顾他人，到最后，噩运也终将降临到自己的头上。

令人惭漂母，三谢不能餐

《宿五松山下荀媪家》李白

平日里，我们只道李白性情洒脱，豪放不羁，仿佛在他眼中，世间无难事，也无伤心事。其实，若李白真如表面上看起来那般对世间一切都不在意，只会盲目乐观，醉心美酒和行乐，或将自己沉浸在美好的幻想之中不肯自拔，那李白也就不是李白了。

李白心中向往美好的生活，却并未过分美化真实的世界。他渴望无拘无束、无忧无虑地在天地间遨游，却也未曾完全脱离现实。他为人洒脱，所以与人相处时不会介意人们的身份背景、所处的阶层。相比之下，他更乐于与那些坦诚洒脱、朴实可爱的人相交，比如志趣相投的文人墨客、风流豪爽的江湖侠士，或是平实可爱的普通百姓。

世人都听说过李白的高傲，却很少有人了解到他的那份高傲却是因人而异。面对权贵，他极尽放肆，甚至敢于“一醉累月轻王侯”，他敢于酒醉拒圣命，敢于酒醉命权贵为自己脱靴，敢于喊出“安能摧眉折腰事权贵”的宣言。面对普通百姓，他却是诚挚谦逊，心中充满了尊重。

一次，李白在五松山游览时，见天色将暗，便索性找了一户农家借宿。借宿的人家姓荀，家中只有一位妇女。农妇朴实热情，见有客来，自然想要盛情款待，然而巧妇难为无米之炊，最后只得端上用茭白做成的饭请李白吃。李白对农妇的殷勤款待心生感激，尤其是在他目睹了农妇的辛劳和贫苦后，再看自己手中的餐食，不由得心中充满了谦恭，并对农妇感到同情。几种复杂的感情迸发，令李白写下了《宿五松山下荀媪家》一诗。

《宿五松山下荀媪家》是唐朝诗歌中难得一见的，描写在农家就餐的诗。

李白通过朴素自然的语言、平铺直叙的写法，将他在农家所见、所感表达得十分到位，既赞美了农妇的淳朴、勤劳，又表达了自己对其不幸遭遇的同情。

宿五松山下荀媪家

我宿五松下，寂寥无所欢。
田家秋作苦，邻女夜舂寒。

我在五松山下的一户农家寄宿，心中充满了冷落和孤寂，没有什么可以令我感到欢欣。此时正是秋季，是农人工作最为繁忙、心中最为悲苦的时节。旁边那户人家中，有家境贫寒的女子整夜都在舂米。

跪进雕胡饭，月光明素盘。
令人惭漂母，三谢不能餐。

我所借宿的这家妇人给我端来了一盘茭白做成的饭，盛饭的盘子洁白无瑕，像天上的月光一般。此时此景，令我突然想到了韩信少时，接济他的洗衣老妇漂母，心中不由得感到惭愧。这份惭愧令我不敢接下这份饭，于是一再推托。

在这世上，不是所有人都过着衣食无忧的生活，也并不是所有的努力都能带来回报。现在如此，过去亦如此。

古时候，总有那么一些人，即使付出了比别人多几倍的努力，却仍然只能在贫困之中挣扎。他们未尝不想穿上华丽的衣服，吃上美味的菜肴，坐在华贵的马车上游览集市。不幸的是，在那样的环境中，想要凭借自己的努力出人头地太难，除了考取功名或攀附权贵，别无他法。于是他们努力地寻找展现自己的机会，努力地争取出人头地的机会，只为有朝一日能改变命运。

有些人生于富贵之家，自小锦衣玉食，便养成不问世事的习惯，认为世间的疾苦永远与他们无关。对于已拥有的一切，他们接受得理所当然，从不心存感激。对于那些身陷于困苦之中的人，他们见了，也只是漠然。尤其是那些王孙公子，高贵的血统让他们的每一步都走得格外容易。向来都是别人讨好他们，逢迎他们，久而久之，他们也就习惯了，把别人给予他们的一切都视作理所应当，接受得心安理得。

极少有出身富贵之家的人能够理解贫苦百姓，也极少有王孙公子会同情贫苦百姓的遭遇。他们自私、冷漠、无情，不会感激别人对他们的付出，不会感激拥有的一切，甚至蔑视和嫌弃那些贫困的人。能够像李白一样，会因村妇一盘简单的饭而心生惭愧、不敢接受者更是少之又少。

李白享受过荣华，却未沉迷于荣华；拥有过富贵，却未执着于富贵。他会对内心的世界执着，也会对外面的世界关注；对劳苦人民心生同情，也会对帮助自己的人心存感恩。他追求洒脱不羁的生活，同时也关心世上的俗事。他待权贵极其傲慢，待普通百姓却极为尊重。如此与众不同的情怀，若说他不是一位谪仙人，又有谁是呢？

君看石芒砀，掩泪悲千古

《丁都护歌》李白

李白喜欢四处周游，一生之中几乎游遍了祖国的大好河山。每到一处，他都会尽情欣赏山川的壮丽，景色的优美，同时也会关心普通百姓的生活，诚心与他们接触，了解他们生活中的困难。所以在他游览期间所创作的诗歌中，不但有歌颂祖国河山的诗篇，也有不少反映民间疾苦的诗篇。

《丁都护歌》一诗中所描写的是一群拖船纤夫的形象，据记载，当时李白正在丹阳横山游览，途经云阳时，看到当地正在开凿新河，纤夫们由水路拉着纤绳，运输石头的情形，便用当地的古曲题目写下了这首诗。

“丁都护歌”也叫“阿督护”，是乐府的一种旧题，是南朝宋时的一种吴声歌曲。据《宋书·乐志》中记载，宋高祖刘裕的长女婿徐逵之被人杀死后，宋高祖派了府内的督护丁旿将其收敛并掩埋。丁旿办完事后，宋高祖的长女将他叫入阁内，向他询问敛送的经过。宋高祖的长女每问到一处，都会低声地叹息着叫一声“丁督护”，声音之中透着哀伤、凄凉和悲惋，令人听之不由心悲，闻之便想落泪。后来，宋高祖的长女呼唤丁督护的这种声调被人推演作了一首曲子，就是《丁都护歌》。李白所作的《丁都护歌》虽与旧题并无关联，却是借用了这一题目的哀怨声调来突出拖船纤夫的痛苦，并表现他对劳苦人民的同情。

丁都护歌

云阳上征去，两岸饶商贾。

吴牛喘月时，拖船一何苦。

自云阳乘舟北上时，会看到两岸居住着许多的商贾。这样的时节里，天气热得就连江淮间的水牛都会热得停下来喘息，可那些拖船的纤夫们却还在努力地拉着纤前行，这该是多么的辛苦。

水浊不可饮，壶浆半成土。

一唱都护歌，心摧泪如雨。

酷热之中负重前行，不敢停下，渴的时候却没有水可以喝。脚下便是河水，可那河水是如此浑浊不堪，用它将水壶灌满后，壶里有一半都是泥浆和土。他们一边拉着纤，一边唱着《都护歌》，歌声如此悲凉，令人越唱心越悲伤，不由得泪如雨下。

万人凿盘石，无由达江浒。

君看石芒砀，掩泪悲千古。

船上是由上万名的工匠凿下来的磐石，这些磐石太大太沉重，没有办法很快运到江边。为了开凿一条新河，还有很多巨大的石头已被凿下，正等待着运送。那运送的人只能掩面而泣，心里的悲伤足以感动千古。

能够令人闻之落泪的歌曲背后总有一个感人的故事，可能是作者的亲身经历，也可能是作者亲眼所见，又或者是作者从别处听来的故事。无论哪一种，有所感，才会有所歌，所以那故事必然是动人的，真切的，能够触动人心的。

歌曲是故事的讲述，歌声是情感的传递。那些令我们感动的歌，除了依靠歌者娴熟的演唱技巧外，更重要的是演唱者内心的感情。单纯由技巧演唱出来的歌，听起来婉转动听，却总是少了点儿韵味。有感而发所唱出来的歌，纵使走了调，乱了节拍，也同样具有打动人心的魅力。

一首歌，同样的人听了，心中会有不同的感受，那是因为他们有着不同的经历，以及对事情的不同感悟。受过情伤的人害怕听到情歌，因为害怕想起曾经拥有过的美好和最后残酷的结局；经历过战争的人听到战歌会热泪盈眶，因为他们也曾斗志昂扬、征战沙场。善良的人听到歌中描写的残忍事实会落泪，冷漠的人则不会；悲观的人听到忧伤的歌会落泪，乐观的人则不会。

有时，真正令人落泪的并不是歌曲本身，也不是歌曲背后的故事，而是一种似曾相识的感同身受。那是一种很奇妙的感受，哪怕我们并未经历过相同的事，我们也能感受到当事人心中的酸楚、无奈、不舍，并为之动容；我们也能感受得到当事人心中的喜悦、兴奋、激动，并为之欣喜。

能够对他人之事感同身受的，必然是善良细腻、感情丰富的人。只有善良的人才会因他人的痛苦而痛苦，为他人的困苦而担忧，体察他人的生活，体谅他人的感受。自私冷漠的人永远不会明白什么是感同身受，无论眼前的人正在经历多么大的痛苦，忍受着多么强烈的折磨，他们都只会漠然地看一眼，然后淡漠地从旁边走过。

感同身受需要共情而不是同情。同情总是多少带着些自身的优越感，站在一个相对高一些的角度去看人、看事。共情则不夹杂任何的优越感，仅仅是关心，发自内心的关心，还有那种“假如我是他”的理解。真正地理解他人，才能明白他人真正的苦楚。

谁知盘中餐，粒粒皆辛苦

《悯农二首》李绅

李绅，字公垂，唐朝宰相、诗人。

唐元和元年（806年），李绅参加科举考试，中进士，补国子监助教。之后，他曾经离开京城前往金陵，拜入了节度使李锜的幕府。李绅为人正直，在得知李锜有意谋叛后，他因表现出强烈的不满而得罪了李锜，被打入牢狱。直到李锜被杀后，他才重新获得了自由，回到无锡惠山寺读书。

唐元和四年（809年），李绅被任命为校书郎，于是他再次来到长安，并在此期间参与了由白居易倡导的新乐府运动，主张自创新题，咏写时事，令诗歌具有“补察时政”“泄导人情”的作用。

李绅一生最著名的诗作当属《悯农二首》。相传此诗作于李绅回故乡亳州探亲访友期间，当时正是盛夏，李绅与好友李逢吉登上城东观稼台，举目观望。李逢吉站在台上心生感触，不由得感叹，如果升官也能够像登台这样，只用很短的时间就能登到高处便好了。李绅却并没有李逢吉那样的感慨，此时将他吸引的，是眼前那一番农忙的景象。

李绅的心被农民辛勤的劳作所触动，如此盛夏，农民们却要顶着强烈的日晒在田间劳作，这是多么辛苦的事。更可悲的是，他们今日辛苦的劳作却并不能让他们过上富足的生活，反而可能会面临被饿死的命运。于是，李绅随口吟出了《悯农二首》，以此表达自己对农民生活的同情和对世道的愤慨。后来，此诗传入宫中，唐武宗读过之后，认为李绅心思细微，体察民情，便升其为尚书右仆射，共商朝事。

悯农二首

锄禾日当午，汗滴禾下土。

谁知盘中餐，粒粒皆辛苦？

农民头顶着烈日在田间辛苦地劳作，到了中午也没有停下来休息。他们的汗不住地流淌，滴入了脚下的田地。有谁知道我们每日吃的米饭，每一粒都是农民用血汗浇灌出来的？

春种一粒粟，秋收万颗子。

四海无闲田，农夫犹饿死。

春天播下一粒种子，到了秋天，就能够收获很多的粮食。放眼望去，四海之内的田地没有一块被荒废，全都种满了庄稼。可是辛苦劳作的农民们最后还是免不了被饿死。

在古代，每逢农忙时节，都会有无数的农民不得不整日在田间劳作。他们并非不想休息，而是不能休息。那时不存在机械化作业，从犁地到播种，到浇灌，再到最后的收获，都需要农民亲力亲为。他们需要和时间赛跑，需要在指定的时间内完成播种，才能保证庄稼在恰当的时间健康地生长。于是，他们宁可在烈日下忍受着暴晒，忍受着皮肤上被炙烤一般的疼痛，也不敢停下来休息。

每位农民在播种时都会祈祷，希望今年有一个好的收成。可同时，他们也无法去除心中的忐忑。每到收获之时，都会有人将这些粮食从他们手中收去，然后给他们少得可怜的一点报酬。多劳多得是不存在的，无论他们多么辛勤地劳作，多么努力地付出，最后他们能得到的只有那么一点，少到几乎无法维持生存的回报。

沉迷于升官发财的人，无心理会农民的辛苦，只在意吃到的饭菜是否可口，穿戴的衣冠是否气派。住在豪华府邸之中的王公贵族更加不会理会宫外生活有多么艰难，他们只认为自己生来高贵，注定应该享有所有的美好。那些深宫之中的嫔妃们，大都整日关注自己的姿色，专注于让自己更受宠的方法。这些富贵之人中，极少有人会去考虑，他们眼见的美好、拥有的幸福、享用的荣华，是否真的与生俱来，不需要任何努力便可得到。

农忙时节，田间的忙碌场面并非无人见到，相反，那是再容易见到不过的了。也正是因为这份容易，令很多人将农忙这件事看作平常事，对它熟视无睹。有时，就连农民自己也忘记了，这本是不公平的事。又或者，他们没有心思去想那些，只能将所有的时间和精力用于耕作。毕竟一旦停下手中的工作，他们就失去了一切。

人们常将每日都能见到的事视作平常事，认为它本当如此，无需在意它是如何发生的，又是为何存在的。殊不知，这样的念头对于一个成年人来说十分危险。只要稍加思考，我们就会发现，无数表面的背后隐藏着太多真相。若我们总是因为习以为常，便会使思维越发迟钝，遇事都不愿想得多一些，深入一些。

我们此时享有的一切都不是永恒存在的，若是令它们产生的原因不存在了，它们也就不存在了。

六月禾未秀，官家已修仓

《田家》聂夷中

聂夷中，字坦之，唐末诗人。历史上关于他的记载少之又少，生卒年都无法考证，只能确定他曾于唐咸通十二年（871年）考中了进士。因当时的时局较乱，他不得不在长安滞留了很长一段时间，最后才被任命为华阴县尉。根据他上任时身边只带了琴书，其他东西都没有带来推测，他的家境并不富裕，且性格儒雅。

《唐才子传》中对他有如下描述："（夷中）性俭、盖奋身草泽，备尝辛楚，率多伤俗闵时之举，哀稼穑之艰难。适值险阻，进退维谷，才足而命屯，有志卒爽，含蓄讽刺，亦有谓焉。"此段文字是说他家境贫困，此生坎坷，尝尽辛酸苦楚，所以其作品多表达了对时局的感伤，以及对农家艰苦生活的同情。虽然颇有才学和抱负，却一直没有得到施展，所以诗作中也常有对社会现象含蓄的讽刺。

晚唐时期的诗歌大多风格靡丽，华而不实，聂夷中的诗却不同，他非常擅长作短篇五言诗和古乐府体诗，并且所作诗歌"皆警醒之辞，裨补政治，乐而不淫，哀而不伤"。他习惯用朴实浅显的表达方式、简单的写作手法指出并批判封建统治阶级对人民进行的残酷剥削，读起来简单，却有着深刻的内涵。

晚唐时期，不断爆发的战争，不停衰退的经济和政治让民间的普通百姓陷入了越发艰难的生活处境。对于农民们来说，想要在乱世中安居乐业已然是奢望，更糟糕的是，他们连辛苦一年种下的收成都保不住。朝廷在经济上入不敷出，缺乏物资，便加大了对农民的榨取，不体察民情，不在乎百姓的死活，哪怕粮食歉收，也要按时向农民们收租。聂夷中的《田家》一诗就是反映这一现实的一首讽喻诗，诗中描写的虽然只是平常农家生活中的一个小片段，却已将当时社会的黑暗、统治者的昏庸、官家的残忍表现得淋漓尽致。

田　家

父耕原上田，子劚山下荒，

六月禾未秀，官家已修仓。

父亲在山上耕种着已有的农田，儿子在山下开辟着新的荒地。今年的麦苗扬花有些晚了，已到六月，还没有一点动静。可是官家们已经开始修建粮仓，等着收我们的租了。

古时的农民靠天吃饭，若是风调雨顺，粮食长得好，收成好，即使交完租，也可以有多一些的粮食自给自足；若是天公不作美，便只能祈求朝廷发发善心，少收一些租，给他们多留一些粮食度日。然而大多数时候，他们的祈求并不能传到皇帝的耳朵里。特别当执政者不是明君时，他们的祈求即使传到了皇帝那里也没有用。

昏庸的皇帝两耳不闻民间事，官员自然也就不会关心百姓的生活。为了满足皇家的奢侈无度，官员们极力剥削地位低微的百姓，哪怕他们已经无法维持日常的生活，甚至无力生存下去，哪怕他们苦苦哀求。

辛劳的农民们一年到头都在忙于种地，忙得喘不过气，没有时间休息。每一天，他们都在盼着粮食能丰收。不幸的是，这一年，天气的干旱令麦苗生长得极为缓慢，已经六月了还没有扬花。农民们心急如焚，可官家们却毫不体恤他们，仍旧准备按照一贯的时间来收租，并且已经开始兴建粮仓了。农民们的心更加焦灼，明知焦灼无用，却也只能焦灼。毕竟没有人能掌控天气，让上天说下雨就下雨。也没有人能掌控麦苗的生长，让它们快一点成熟，多一些收获。

在中唐和晚唐时期，并非只有个别一两家农民经历过如此的遭遇。这样的现象在中唐和晚唐时期极为常见，他们日未出而作，日落未息，年复一年地重复着开荒、播种、收割、交租的过程。他们想要多种一些粮食，想要多拥有一些粮食，可怎么努力都赶不上官家收租的速度和数量。他们在社会的最底层，过着最艰苦的生活，皇帝不会怜惜他们，因为他只想着不停索取；官家也不会怜惜他们，因为他们只想着完成皇命。

那些有良知的文人们感到痛心，却有心无力，便只能用诗歌来抨击乱世，为民发声。当一切都已过去之后，世间再无昏庸的帝王，也无贫苦的百姓，只剩下那些诗在世间广为流传。

岂无穷贱者，忍不救饥寒

《秦中吟·伤宅》白居易

白居易，字乐天，号香山居士，又号醉吟先生，唐朝现实主义诗人。他刚出生时家境尚且优越富足，然而好景不长，一场战乱的发生让他的家乡陷入了兵荒马乱、民不聊生的处境。在他约八岁那年，他的父亲将他送去了宿州符离以避战乱，使他终于有机会静心读书。白居易也没有辜负父亲的期望，在符离潜心苦读。

唐元和三年（808年），白居易被任命为左拾遗。初入官场的白居易认为自己应以行动来回报皇帝对他的提拔，于是创作了大量现实主义诗歌，指出时弊，并时时向唐宪宗直言进谏，当面指出唐宪宗的错误。白居易共创作了十首《秦中吟》，这十首诗皆是讽喻诗，每首诗描写的事件各不相同，却同样反映了当时现实社会的黑暗，以及百姓生活的艰难。

《秦中吟》的整体语言风格通俗易懂，每一首都将统治阶级的奢靡生活与百姓的艰苦生活作了对比，且选择的事物皆来自于生活。《秦中吟·伤宅》是其中的第三首，诗中讲述的是安史之乱后，宦官和将帅们追求奢华，互相攀比，不断压榨百姓以建造自己的豪华宅第。白居易创作此诗的目的就是对当时恶劣风气的揭露和讽刺。

秦中吟·伤宅

谁家起甲第，朱门大道边？

丰屋中栉比，高墙外回环。

累累六七堂，栋宇相连延。

一堂费百万，郁郁起青烟。

有一扇红色的大门开在大道旁边，那应是哪位侯爷新盖起的豪华宅第。院子里面整齐且密集地排列着许多高大的房屋，看起来像梳齿一般。高而曲折的围墙把院子层层围了起来，堂屋紧紧地连成一串，大概有六七座，屋与屋之间的房梁和屋檐延伸出去，相互连接。建造这样一座高耸壮丽、豪华气派的堂屋花费高达百万。

洞房温且清，寒暑不能干。
高堂虚且迥，坐卧见南山。
绕廊紫藤架，夹砌红药栏。
攀枝摘樱桃，带花移牡丹。
主人此中坐，十载为大官。
厨有臭败肉，库有贯朽钱。

深邃的室内冬暖夏凉，住在里面，无论严寒还是酷暑都很舒适。高大的厅堂宽敞明亮，无论坐着还是躺着，都能看得到终南山。环绕的走廊上缠绕着紫藤，台阶的两旁砌着栽了红芍药的花栏。攀上树枝可以摘到新鲜的樱桃，也可以带着花去移栽牡丹。能坐在这屋中的人已经当了十年的大官，厨房里的肉多得直到腐烂也吃不完，库房的钱多到放了很久都没有花完，串钱的绳子都已经霉烂了。

谁能将我语，问尔骨肉间：
岂无穷贱者，忍不救饥寒？
如何奉一身，直欲保千年？
不见马家宅，今作奉诚园。

有谁能向这宅子的主人传达一下我的疑问，问一问是否在他的亲朋好友中没有贫困的人，怎能就这么忍心不救济一下饥寒交迫的人？为什么只顾着奉养自己，想要保持千年的荣华富贵？想当初，马燧住宅也曾那么奢侈气派，可如今也只成为了废置不用的奉诚园。

中唐时期，奢侈之风盛行，达官贵人们为了彰显自己的高贵可谓无所不用其极。宅第对于他们来说早已不仅仅是安身睡觉的地方，更是身份的象征。他们认为，房子必须要够豪华，够气派，在城中非常醒目，这样才能证明自己身份高贵。而且，房子必须要足够坚固，这种坚固不但要能抵御风雨和撞击，还要能够千年不倒，这样便可保千年的富贵。

想建一座豪宅，必然要大兴土木，投入大量的金钱。对于达官贵人们来说，花在建宅上的钱不叫浪费，而是理所应当的开支，且不说他们一向富有，就算真的出现亏空，也可以再通过压榨百姓补回来。于是他们挥金如土，为建豪宅一掷千金。

朱门酒肉臭，路有冻死骨。那些达官贵人从来不顾及百姓的生活已经有多苦，更不会认为他们是造成百姓痛苦的源头。他们不屑于救济贫苦百姓，一味地追求物质上的荣华，却不知他们所追求的荣耀并不可能永存于世。真正能够流芳千古的，恰恰是他们不屑去做的事。若是他们肯将兴建豪宅的钱用来救济贫民，得到百姓的尊重和感激，他们的名字自然会在世间流传下来。几百年，甚至几千年之后，仍然会有人记得他们，那样才是真的荣耀，福及后人的荣耀。

低头独长叹，此叹无人喻

《秦中吟·买花》白居易

唐朝中期，京城贵族常喜欢出去游玩，并且每次出门只要看中什么，便一掷千金买回家中，从来不会顾及是否物有所值，买东西全凭兴趣。若是有什么特殊意义的东西，他们更是争先恐后地去买，一定要将最好的买回家，否则便觉得丢了面子。

“开元盛世”之后，牡丹花成了一种风靡长安的花。唐朝刘禹锡曾在《赏牡丹》一诗中称牡丹是“真国色”，“花开时节动京城”，可见在当时牡丹花有多么名倾一时。每到牡丹花盛开之时，集市上就会摆满待售的牡丹，长安城中的贵族们也会蜂拥而至，在此处尽情挑选。据说《国史补》记载：“京城贵游尚牡丹三十余年矣，每春暮，车马若狂……一本有值数万者。”

牡丹会如此受到贵族们的欢迎，主要是因为杨贵妃对牡丹有着特别的喜爱。为了博其笑，唐玄宗命人在兴庆宫沉香亭前、骊山行宫等处栽种了大量的牡丹，以便她到了哪里都能欣赏到她最爱的花。因宠爱杨贵妃，唐玄宗还曾将牡丹作为皇家御赐之物赏给了杨贵妃的哥哥，准其种在庭院。于是，本就象征着富贵的牡丹就变得更加富贵，也成了权贵们相互攀比的一个砝码。

欣赏牡丹，购买牡丹在长安城内卷起了一股热潮，各个阶层都被卷入其中。除了王公贵族外，但凡家境比较殷实者，都会争先恐后地来到集市上观花、买花。《秦中吟·买花》是白居易十首《秦中吟》中的第十首。所描写的就是牡丹花开得正灿时，人们聚集在集市中买花的情景。

秦中吟·买花

帝城春欲暮，喧喧车马度。

共道牡丹时，相随买花去。

春季马上就要过去了，京城的街道上突然变得车水马龙，十分热闹。从人们的交谈中得知，原来此时正是牡丹盛开的时节，那些居住在长安城里的王公贵族、名门大户们都纷纷驾车出门，赶去集市上买牡丹花了。

贵贱无常价，酬直看花数：
灼灼百朵红，戋戋五束素。

牡丹花的价格并不统一，有些偏贵，有些则相对便宜。花的品种决定了花的价格。那枝繁叶茂、鲜艳欲滴的牡丹花，虽然只有小小的花束，想买下它，却要付出价值五捆白绢的钱。

上张幄幕庇，旁织笆篱护。
水洒复泥封，移来色如故。
家家习为俗，人人迷不悟。

为了让牡丹花得到精心的呵护，有人在它们上方搭起帷幕，为了让它们免受风吹日晒，还在它们的周围支起了樊篱。为了让它们一直开得娇艳如初，人们将它移栽之后，除了每天给它们浇水，还给它们培上了肥沃的泥土。见牡丹花果然和之前开得一样娇艳，于是所有人都把这当成了寻常的习俗，每个人都执迷于此，竟没有人觉得这是错的。

有一田舍翁，偶来买花处。
低头独长叹，此叹无人喻：
一丛深色花，十户中人赋！

有一位苍老的农民无意之中走到了买花的地方，看到这样的情景，不由得低下头，长长地叹了一口气。他叹息是因为这里的牡丹花价格太过昂贵，面前那一丛深色的牡丹花卖出的价钱，能抵过十户中等人家一年的赋税。可是身边的人来来往往，没有人听得到，更没有人在意他的叹息。

赏花、爱花本是高雅的情趣。若是一座城里人人真心爱花，人人有心赏花，那这座城中的人生活必然安定富足，若不然，纵使有再多美丽的鲜花，衣食尚且不顾，又哪来的闲情雅致去欣赏花呢？可若是将赏花仅仅视作一种潮流，视作附庸风雅的方式，将养花视为身份和地位的象征，那这两件原本高雅的事就失去了它们真正的意义。

我们都说牡丹是花中之王，身份高贵。于是有不少人认为既然牡丹花开象征着富贵，养在家中，家中便是添了富贵。唐朝时的长安，虽然牡丹花市盛况空前，却并不是因为长安百姓生活无忧，而是由于奢侈之风的蔓延。那些贵族们一掷千金地去买花，也并非因为他们爱花，懂得牡丹花的含义，欣赏牡丹花的品质，而是为了相互攀比。买回家中，他们无心照料，便将牡丹花交给花匠，认为自己只要拥有了此花便足够。他们定然是忘了关于牡丹花，还有那样一个传说。

传说武则天当政时，曾命令花园里所有的花都在天寒地冻之时盛开。其他的花仙忌惮武则天的权力，不敢违背她的旨意，便全都在第二天早上绽放了。然而，牡丹花仙却坚守着自己的原则，不肯绽放。武则天大怒，命人将牡丹花移出皇宫，迁至洛阳，谁知牡丹花一到洛阳，马上就生根发芽，绽放出娇艳的花朵。武则天得知这一消息之后无比气愤，命人去洛阳将牡丹花全部烧死，却不想牡丹花在烈火之中盛开得更加夺目。于是，人们也将牡丹花称为有气节的花，牡丹也有了“百花之王”的头衔。

爱花，不仅要爱它的颜色、芬芳，还要爱它的品质。爱花之人必然懂花，懂花之人才会爱花。任何高雅之事，一旦沾染上世俗，构成攀比，便不再高雅了。

第五章　心中悲愤，斥世间不平

眼枯即见骨，天地终无情

《新安吏》杜甫

唐乾元元年（758年）冬天，杜甫从洛阳回华州，路过新安的时候，看到有新安县的吏役正在按照户籍挨家挨户地征兵。

安史之乱后，郭子仪、李光弼与王思礼等出兵进击，在邺城将安禄山之子安庆绪所带领的叛军包围。此时情势喜人，只要派兵增援，便有机会将这支叛军全部剿灭，然而由于唐肃宗李亨的不信任，郭子仪等人既没有等到兵力支援，也没有等到粮草支援。两军僵持了一整个冬天后，史思明的援军到了，郭子仪等人的军队在邺城大败，只得退兵改保东都洛阳。

为了防止安史军队南下，郭子仪强行率领他的军队拆断河阳桥。最后，他们虽然成功地阻止了安史军队南下，兵力却损失惨重。直到此时，朝廷仍没有派兵支援，而是下令就地征兵。于是，便有了杜甫看到的这一场面。

早在唐天宝三年（744年），唐朝律例便规定“十八岁为中男，二十二岁为丁”。若是按照正常的征兵制度，当地家中符合年龄的男子应该已经入了军队，剩下的都是未满二十二岁的男子，本不应该服兵役。然而当杜甫问新安吏“新安县这么小，应该再没有男丁了吧”时，新安吏却掏出州府下的军帖，声称自己手中有官府的文件，没有男丁，中男也可以。

杜甫一再追问，新安吏却拒绝再回答，眼中流露出厌烦的神情。杜甫知道自己再问下去也是无济于事了，他看向那些被强行征兵的人，一个个神色哀苦；再看那些失去儿子或丈夫的妇人，一个个止不住地痛哭。于是，杜甫将他的所见所感写成了《新安吏》一诗，表达了对百姓的同情，也表达了对现实的不满。

新安吏

客行新安道，喧呼闻点兵。
借问新安吏，县小更无丁？
府帖昨夜下，次选中男行。
中男绝短小，何以守王城？
肥男有母送，瘦男独伶俜。
白水暮东流，青山犹哭声。

我行走在新安的路上，突然听到附近传来喧哗声。我循声而望去，看到这里的吏役正在在村中按照户籍点名征兵。我问那些新安吏："新安县这么小，能当兵的人应该已经都入伍了吧，难道还有可征的男子吗？"新安吏回答说："昨夜兵府已经下达了文书，若是没有男丁，选些中男入伍也行。"我质问他："这些人年龄那么小，让他们去守东都，如何守得住？"新安吏却不再回应。

有些青年身材比较健壮，可能家境相对好一点，在他们的身边，有母亲哭泣着为他们送行。还有一些青年十分瘦弱，家境应是十分贫困，他们的身边没有人相送，看起来孤孤零零。直到黄昏时分，日落西山，河水东去，青山之下还能听得到送行者的哭声。

莫自使眼枯，收汝泪纵横。
眼枯即见骨，天地终无情！
我军取相州，日夕望其平。
岂意贼难料，归军星散营。
就粮近故垒，练卒依旧京。
掘壕不到水，牧马役亦轻。

况乃王师顺，抚养甚分明。

送行勿泣血，仆射如父兄。

我只得上前劝慰那些悲伤的母亲："还是收一收你们的眼泪，不要哭坏了眼睛。即使哭到双眼干枯，只剩干涩的眼眶也是徒然无用，毕竟天地是那样的无情。朝廷的军队进攻相州，原本以为只需一两天便可将战事平息，却不想错估了敌人的形势，结果打了败仗，战败的军队只能像星星一样散乱着扎营。军队的粮食还是会靠旧的营垒供应，训练士兵也在东都的近郊。努力地挖壕沟也见不到清水，相比之下，牧马的工作倒显得轻松了。何况朝廷的军队是正义的军队，他们为正义而战，自然也会关心爱护这些新去的士兵。所以你们送行时不要太过悲伤，军中的长官们会像他们的父兄一样照顾他们的。"

征兵护国无错，强征便是错。说到底，是朝廷不体察民情，不顾及百姓的感受。往上追溯，则是帝王的无能。

用人不疑，疑人不用。若非当初唐肃宗李亨过于昏庸，不肯信任郭子仪等人，不肯派给他们援军和粮草，他们也就不会输了原本有机会大胜的战役。若非郭子仪等人拼尽全力，损兵折将，也就不会有强行征兵一事的发生了。说到底，是无能的帝王导致了这一场悲剧的发生。

有人心忧天下，却无力改变世人的命运。有人大权在手，却坐在宝座上想当然。这样的局势之下，必然百姓哀痛，民不聊生。怎能叫有良知的人不为之感叹！

夜久语声绝，如闻泣幽咽

《石壕吏》杜甫

唐代诗人杜甫擅长用事实说话，以此来揭露帝王和官员们对百姓的残暴统治，并表达对百姓的同情。在他的作品中，最著名的当属“三吏三别”，前文的《新安吏》和接下来要提到的《石壕吏》都是这一系统中的作品。

《石壕吏》的创作时间同样是在“安史之乱”之后，具体时间为唐乾元二年（759年）。那一年，杜甫因遭朝廷贬职，奉命从洛阳赶往华州。在赴职途中，他经过了新安、石壕、潼关三地，并在这三个地方亲眼见到朝廷是如何蛮横暴虐，在民间强行征兵的。他内心的情感受到了强烈的冲击，于是写下“三吏三别”。

《石壕吏》讲述的是一天夜里，杜甫在石壕村借宿，遇到唐军为补兵力，不体恤百姓疾苦，大肆征兵的情景。在诗的开篇，杜甫用了一个“捉”字，充分地表明了官吏的强硬残暴。而后，他通过对老翁和老妇的动作描写，表现出征兵一事已令村民们感到了极度的惶恐，只能小心度日。诗中大部分是以老妇自述的方式来讲述其家境：三个儿子都已参军，如今家中只剩下老弱妇孺贫苦度日，甚至连件穿得出门的衣服都没有。

全诗语言精炼、朴实，没有一丝夸大或者渲染，却能将诗人的情感表现得十分到位。同时，他这种将抒情和议论寓于叙事之中的写作方式能够给人以真实的画面感，令人读过之后都会觉得哀苦不已，是现实主义文学的典范之作。

石壕吏

暮投石壕村，有吏夜捉人。

老翁逾墙走，老妇出门看。
吏呼一何怒！妇啼一何苦！

日暮时分，我在石壕村的一户村民家中投宿。夜里突听得外面有官吏大声喧哗，强行捉人去当兵。这家的老翁听到声音后，马上翻墙逃走了。老妇人打开门与官吏回话，那些官吏全然不顾老妇哭得有多么悲伤，只是模样凶狠地冲她喊叫，命她交出可以当兵的人。

听妇前致词：三男邺城戍。
一男附书至，二男新战死。
存者且偷生，死者长已矣！

老妇人走上前向他们解释，她一共有三个儿子，都去参加了邺城之战。最近刚刚收到其中一个儿子的信，说她的另两个儿子都刚刚战死沙场。如今，幸存的人还能够勉强活下去，而那些已经死去的人却永远不会复生。

室中更无人，惟有乳下孙。
有孙母未去，出入无完裙。
老妪力虽衰，请从吏夜归，
急应河阳役，犹得备晨炊。

老妇告诉官吏，她的家里除了一个还在吃奶的小孙子，再没有其他男人了。孩子的妈妈虽然还在，可是她要照顾孩子所以不能走，而且身上连件能穿得出门的衣服都没有，实在无法离开。老妇请求官吏，若是需要用人，可以连夜将她带走。她虽然年老力衰，但若是连夜赶路，还能来得及为营中的兵士们准备第二天的早餐。

夜久语声绝，如闻泣幽咽。

天明登前途，独与老翁别。

夜越发深了，外面说话的声音也逐渐消失了，只能隐约地听到一些幽幽的哭泣声。第二天一早，我继续赶路，却只能与家中的老翁告别。

古时，文人的言论并不自由，尤其是身为官员的文人。

对于朝廷来说，文人的作用之一便是为帝王歌功颂德，美化现实。若是一介草民，对世道不满，闲来写写小诗，发泄发泄，只要不流传出去，也就罢了。可一旦做了官，便是朝廷的人，要食君之禄，担君之忧，对外所言皆要顾及朝廷的面子，不得有损于皇家的威严。若是为官之人也如草民一般说了对朝廷不敬的话，就极容易被治罪，轻则贬官，发派到偏远之地，重则有性命之忧。

许多人并非看不见皇帝的昏庸，看不见朝廷的腐败，看不见百姓的悲惨。他们心存不满，却敢怒而不敢言。很多人为保性命只能忍气吞声，暗自伤怀，心有担忧却不敢表露出来。只有极少数的人敢怒且敢言，敢对官吏的残暴表示不满，敢对兵役制度的黑暗表示愤怒，敢对处于水深火热之中的百姓表示同情。

有人说他们傻，在当时的社会，得罪了最高的统治者，定会处处碰壁，举步维艰，纵使有悲天悯人之心，有天下安乐之愿，又如何能够实现？有人说他们固执，不懂得变通，哪怕先假意逢迎，得到皇帝的信任和宠爱之后，再用委婉的方式向皇帝暗示岂不是更好？也有一些人对他们由衷地敬佩，认为他们心系天下，不屈于强权，是君子，也是勇者。

无论世人如何看待他们，那些人已成过去，成为历史中的一个名字，一段传说。但世间公道，自在人心。帝王若是宅心仁厚、体恤百姓、关爱天下，自然会深得民心，受百姓爱戴，芳名永传；帝王若是无能、残酷暴虐，则民不聊生，即便写下上百首或上千首歌功颂德的诗，即便命史官写下满库美化帝王、粉饰太平的史卷，也掩盖不了他们的暴行。

听其相顾言，闻者为悲伤

《观刈麦》白居易

唐朝诗人白居易擅写叙事诗，并常以叙事的方式向人们表达感悟，传达道理，揭露现实。

唐元和元年（806年）至元和二年（807年）间，白居易在陕西盩厔（今陕西省周至县）任县尉一职。县尉的官职不高，但享有的俸禄也足以保证他衣食无忧。农忙时节，白居易因职责所在，负责征收捐税一事，然而当他来到田间，看到农民们如此辛劳，却难以饱腹，又有农家为缴税而无田可种，无米可炊，不得不在田间捡取别人掉落的麦穗时，他不由得产生了深深的自责。

白居易向来懂得体察民间疾苦，并对劳苦百姓心存同情。即便为官，即便官场黑暗，他也从未丧失良知。在《观刈麦》一诗中，他用简单的笔墨描写了割麦者与拾麦者在盛夏时节的生活状况，同时也将农民和自己的心情刻画得十分真切。

《观刈麦》是一首讽喻诗，该诗结构自然、层次清晰，通过描写麦子收获时节，农民在田间忙碌的景象，衬托出农民的生活艰难，以及官家的坐享其成。在诗中，诗人将一位农妇的生活与自己的生活进行对比，进而发出“今我何功德”的感叹，以及“念此自私愧，尽日不能忘”的叹息。

白居易的诗中总是蕴含丰富的情感，这是因为他每次作诗前都会用心观察，用心感受。在《观刈麦》中，他先写自己亲眼所见，分别以农夫、农妇和孩童为对象，描写了割麦时节田间地头的景象；然后由表及内，根据农民的行为揣摩出了农民的心理，写出了农民们此时的心声；之后将视角转向一位拾麦子的农妇，写出农妇拾麦的原因；最后将笔锋转到自己身上，写此情此景对自己的触动，表达自己心中的怜悯，以及对繁重租税的不满，揭示诗的主题。这种既写事，又写心的写作手法营造出了一种完美的统一性，比单纯的抒情诗更加震撼人心。

观刈麦

田家少闲月，五月人倍忙。

夜来南风起，小麦覆陇黄。

农民们一年到头几乎都在忙着干农活，抽不出时间休息。每年到了五月，他们都会加倍地繁忙。到了夜里，有暖暖的南风吹来，吹熟了地里的小麦，令麦地里一片金黄。

妇姑荷箪食，童稚携壶浆。

相随饷田去，丁壮在南冈。

男人们在南山冈中辛勤地劳作，女人们便用竹篮装好食物，去田间给他们送饭。小孩子也没有闲着，他们提起盛满汤水和米酒的水壶，跟着母亲一起前往。

足蒸暑土气，背灼炎天光。

力尽不知热，但惜夏日长。

地面散发着层层热气，脚踩在上面，热得如同被熏蒸一般。火热的阳光烤在脊背上。劳作到精疲力竭，也就感觉不到酷热了，只是格外地珍惜夏日里能有这么长的白天。

复有贫妇人，抱子在背傍。

右手秉遗穗，左臂悬敝筐。

我又见到一位贫苦的农妇，她抱着孩子跟在其他人身旁。她的右手里握着捡来的麦穗，左手臂上挂着一个破筐。

听其相顾言，闻者为悲伤。

家田输税尽，拾此充饥肠。

她讲述了自己的情况，周围的人听过之后无不悲伤。原来只为了有钱能缴税，她家的田地全都卖光了，如今无田可种，只能靠捡些别人掉的麦穗，勉强填充一下饥饿的肚肠。

今我何功德，曾不事农桑。

吏禄三百石，岁晏有余粮。

念此私自愧，尽日不能忘。

听闻此言，我的心中惭愧万分。我从来没有做过农活，不曾体验过他们这般的辛苦，却每年都有三百石的俸禄，年终岁尾时家里还能有余粮。难道我积过什么功德吗？我越想心中越感到惭愧，这种惭愧在我心中久久缠绕，让我整日整夜地无法遗忘。

将一些不合常理的心态置于特定的环境下，我们才会发现那些看似“不合理”的心态背后其实隐藏着太多的无奈，对现实的无奈，对处境的无奈，对制度的无奈。在封建社会，一人之力太过微薄，无法改变社会，也无法改变自己的地位，于是无力保护自己，只能任由统治阶级剥削。无奈之下，他们只能产生一些“不合理”的渴望。就如同诗中的农民，即便骄阳似火，将脊背晒破了皮，将整个人热得气喘吁吁，仍会期望日照的时间可以再长一些。因为日照的时间长了，他们也就可以多做一些农活了。

没有对比就没有伤害，善良的农民们不停地透支着体力，做着最辛苦的工作，却过着最艰难的日子。反观那些朝廷官员，既不劳作，也无功德，居然还可以享受着丰厚的俸禄，每日丰衣足食。在当时的社会里，这样的农民和这样的官员都极为普遍，却没有几人会像白居易一样深思背后的原因，思考为什么会出现这样的情形。今日有一位拾麦的妇人，明日就可能有一群拾麦的妇人；今日有一户农民因缴重税而失掉田地，明日就会有更多户农民因缴重税而失掉田地。

应当“念此私自愧，尽日不能忘”的人太多了，只可惜真正会如此去想的人寥寥无几。

奈何岁月久，贪吏得因循

《秦中吟·重赋》白居易

唐朝年间，国家以农业为治国之本，百姓以务农为生。

唐朝前期采用的赋税制度基本上沿自于隋朝。624年，唐朝开始采用“均田制”，即由朝廷把田地授给农民，农民每年向朝廷上缴租赋。同时，唐朝还采用了“租庸调制”，其中的“租”指的是在朝廷田地上耕种的所有男丁，每年都要向朝廷上缴定量的粟或稻；“庸”指的是每个人每年都应为朝廷服一定量的劳役；“调”指的是每位男丁都必须随当地特产缴纳绢麻之物。

到了唐德宗年间，宰相杨炎考虑到“租庸调”对于农民来说负担太重，于是改为“两税制”，即夏季征收一次，秋季再征收一次。而且，为了防止官员滥征滥收，干扰百姓生活，朝廷还明确规定，官员除“两税”外不可向农民私收任何东西。然而时间一久，地方官员便不再严格遵守这些规定，不分春秋冬夏，也不管绢麻之物是否已经制成，巧立各种名目对百姓滥加征收，只为能有更多物资上缴给朝廷，制造百姓安居乐业的假象，来换取自己升官发财。

由于官员们大量征收税赋，百姓们只能勉强维持生活，虽苦不堪言，却碍于官员们的强势，不得不从。《秦中吟·重赋》就是一首反映社会赋税过重、民不聊生的诗。该诗是白居易《秦中吟十首》中的第二首。“秦中”指的是唐朝都城长安一带地方，白居易曾于贞元、元和年间身在长安，并在此地见到了许多令其感到悲哀的人和事，于是将这些事写成了诗，名为《秦中吟》。

秦中吟·重赋

厚地植桑麻，所要济生民。

生民理布帛，所求活一身。
身外充征赋，上以奉君亲。

人们在土地上种植桑麻，为的是保证基本的生活。百姓们不分昼夜地将丝麻纺织成布帛，为的也不过是维持日常的生活。满足了日常需要之后，才能在朝廷征赋时，将多余的布帛上交给朝廷。

国家定两税，本意在忧人。
厥初防其淫，明敕内外臣：
税外加一物，皆以枉法论。
奈何岁月久，贪吏得因循。

国家制定两税法的本意是想实施仁政，关爱百姓。刚刚推行的时候，为了防止大小官吏阳奉阴违，朝廷还特意下达了明文规定。但凡有官员私自加收钱帛，全都按枉法处置，绝不留情。无奈时间一久，贪官污吏们便开始无视朝廷的规定，继续按照原来的方式向百姓征收税赋，令百姓不得安宁。

浚我以求宠，敛索无冬春。
织绢未成匹，缫丝未盈斤。
里胥迫我纳，不许暂逡巡。

为了讨好皇帝，加官进爵，官员们不分季节地向百姓敛取财物。哪怕是还没有织成的丝帛，还未满一斤的蚕丝，他们也都尽数掠夺。每一次里胥们都会打着征收赋税的旗号对百姓进行催促和逼迫，不许任何人有所延迟。

岁暮天地闭，阴风生破村。

夜深烟火尽，霰雪白纷纷。
幼者形不蔽，老者体无温。
悲端与寒气，并入鼻中辛。

到了年末，天寒地冻，破败的村子里到处刮着阴风。夜深之后，炉中的火全部熄灭，只看得到铺天盖地的大雪从天而降。小孩子身上没有完整的衣服，老人们浑身冻得冰凉。空气之中充满了寒冷的空气和每个人呼出的悲伤的喘息，令百姓们每呼吸一次，都会越发感到生活的辛酸。

昨日输残税，因窥官库门：
缯帛如山积，丝絮似云屯。
号为羡余物，随月献至尊。

昨天去官府补缴未纳完的税金时，有机会偷偷向官库里看上一眼。却看到库中堆积着如山般的丝织品，那丝絮远远望去，好比天空中厚厚的云层。原来这就是官吏从百姓手中强取豪夺去的税赋，明明百姓已经贫困到衣不遮体，他们却还称这些东西为“羡余物”。

夺我身上暖，买尔眼前恩。
进入琼林库，岁久化为尘。

贪官从百姓手中强抢了物资，为的不过是博朝廷一时的恩宠。他们不知道，这些对于百姓极为重要的东西，一旦进了宫就变得不再贵重。朝廷的宝库里，各种珍贵布帛应有尽有，用之不竭，这些民间搜刮来的布帛一经入宫，最后往往会因为久置不用而化作尘土。

同样的物件，对于不同的人而言，意义不同。一碗白饭，一碟咸菜，对于家境富裕的人来说，或许只是吃腻了山珍海味之后的调剂；对于家境贫困的人来说，则是不得不每日面对的家常饮食。一条色泽暗淡的丝帛，一块手感不佳的粗布，对有些人来说只不过是不可用的废料，对另一些人来说则是可以做衣服的珍贵的材料。

贫富差距将人分隔在不同的世界。一些富人不曾经历过贫困，所以他们无法理解贫困有多么可怕，无法理解那些陷入贫困的人有多么痛苦，生活得有多么艰辛。还有一些人习惯了索取和挥霍，于是就可以对他人的处境置之不顾，一味地剥夺他人拥有的，只为满足自己的贪婪。哪怕并不是必需品，他们也会一直索取下去。

过度的索取和浪费会令富人越来越富，穷人越来越穷，但这样的“富”和“穷”并不是没有止境的。终有一天，穷人会再也无力生存下去，到那时，此时的富人也将会慢慢失去他们拥有的一切，变成穷人。最后，一切归零。

是岁江南旱，衢州人食人

《秦中吟·轻肥》白居易

《秦中吟·轻肥》是《秦中吟十首》中的第七首，此诗的创作时间大约为唐元和四年（809年），白居易在长安任左拾遗时期。“轻肥”二字取自于《论语·雍也》中的“乘肥马，衣轻裘”，本义为“乘坐着由肥马所驾的车，穿着由轻软皮革制成的衣服”。能穿着上等的衣服坐在好马拉的车上的人都是非常富贵的人，所以后来人们用“轻肥”二字来概括豪奢的生活。《秦中吟·轻肥》一诗中的“轻肥”指的则是唐宪宗年间宦官们豪奢的生活。

在唐朝的中后期，宦官在朝中往往有着极高的地位。这种情形自唐肃宗登基起就开始形成了。唐肃宗李亨因其还是太子时受到宦官李辅国的悉心照顾，便将李辅国视为心腹，并对李辅国言听计从。“安史之乱”爆发后，李亨先在李辅国的极力劝说下率兵抗敌，后登基称帝，最后索性将军政大事都交给了李辅国处理。于是，唐朝开始步入宦官当政的时期。

继李辅国之后，唐朝又先后出现了多位控制政权的宦官。唐宪宗李纯在位初期，朝中专政的宦官是俱文珍，此人本是唐德宗时期最受重用的宦官，后因其逼退唐顺宗，拥戴唐宪宗而得到了李纯的重用。直到后来，因俱文珍手段残忍，又喜好居功擅权，唐宪宗才对其产生不满，并逐渐削弱了他在朝中的势力。

宦官专权是唐朝政治腐败的根源之一。《秦中吟·轻肥》一诗中所提及的，正是俱文珍握有大权时，朝中宦官们的豪奢生活。一大群宦官仗着神策军的身份，趾高气扬地前往军队赴宴，不但在宴会上极尽排场，就连赴宴途中都展现出了他们的飞扬跋扈。白居易对这种现象极为不满，便写下了这首诗，以表讽刺。

秦中吟·轻肥

意气骄满路，鞍马光照尘。
借问何为者，人称是内臣。
朱绂皆大夫，紫绶或将军。
夸赴军中宴，走马去如云。

那马上之人浑身散发着骄纵之气，他们意气风发地从城中的道路经过，令所有人都无法忽视。他们的马鞍那般光亮，连细小的灰尘都能够照得出来。有人好奇地打听，这些气派非凡的人是什么人？旁边的人都告诉他，这些都是宫里的宦官，皇帝的内臣。那些佩戴着红色丝带的人拥有大夫的地位，佩戴紫色丝带的人是将军。一大群人一边浩浩荡荡地前往军营赴宴，一边当街炫耀着他们高贵的地位和身份。

樽罍溢九酝，水陆罗八珍。
果擘洞庭橘，脍切天池鳞。
食饱心自若，酒酣气益振。
是岁江南旱，衢州人食人。

军宴上，每个人的酒杯里都盛满了美酒，每个人面前的盘子里摆的都是各种山珍海味。美酒美食，应有尽有，极尽奢华。宴会中选用的水果是特地从洞庭湖边运来的橘子，盘中切成精致细片的是从大海之中捕来的鱼。酒足饭饱后，这些人神色满足，一副坦然自得的模样。那些喝醉了的人带着满身的酒气，神情举止越发显得骄横不已。谁都不理会这一年江南大旱，衢州百姓饥饿难忍，甚至出现了人吃人的场景。

唐朝中后期，小人得志，宦官当权，世道混乱。

宦官本是皇帝的内臣，他们大多家境贫困，自小被家人送入宫中，负责皇家日常起居，打理内务，既无渊博的学识，也无良好的教养。自入宫起，他们便再无机会过平常人的日子，无法拥有少时阖家欢乐，老来子孙满堂的幸福。或许正因如此，其中的一些人才会格外渴望财富和权力，渴望与众不同的身份和地位。

唐朝并不乏有才学、有胆识之人，而朝中却是宦官当政，这听起来有些荒谬，可事实确实如此。我们读唐朝历史，会发现从中期开始，到后期结束，宦官专政、迫害忠良、欺压百姓，甚至对皇帝逼宫的事几乎一直在发生。先有李辅国、程元振，后有俱文珍、王守澄、仇士良，之后还有田令孜、杨复恭等人，这些宦官虽处于不同时期，但他们的方式却极为相同，便是阻断皇帝的视听，把持朝政，结党营私。为了维持自己的地位，他们不但迫害朝中忠臣，连皇帝都敢谋害。

凡事有果便有因，出现宦官当政的局面，说到底不过是帝王的昏庸，错信了奸佞之人。若是一开始便能耳聪目明，明察秋毫，慧眼识人，便不会有之后那些悲惨的遭遇了。错信小人，毁了自己，毁了百姓，也毁了当年那个令各国羡慕的大唐。

一车炭，千余斤，宫使驱将惜不得

《卖炭翁》白居易

白居易的《卖炭翁》大概创作于唐元和四年（809年），讲的是一位饥寒交迫的卖炭翁来到长安城卖炭，本想着趁天冷能卖个好价钱，最后却被宫中来的使者以“半匹红纱一丈绫”强行换走了上千斤的木炭。白居易为本诗加的题注为“苦宫市也”，由此可见，这件事是在宫市背景下发生的事。

“宫市”兴起于唐玄宗开元年间，“宫”指的是皇宫，“市”指的是买。起初朝廷兴办宫市的目的是方便宫内的人购买宫外的物品，买卖的过程由指定的官吏负责，宫内的人提出需要什么，指定的官吏便向百姓购买什么，同时提倡“与人为市，随给其值”。

贞元末年，主持宫市的人变成了宦官，宫市的性质也就发生了变化。起初，主事宦官只是对百姓的商品进行压价，“抑买人物，稍不如本估”。后来，随着宦官的势力越来越大，宫市对百姓的剥削也越来越严重，渐渐发展为明抢。正如《旧唐书·吴溱传》中所写：“时宫中选内官买物于市，倚势强买物，不充价，人畏而避之，呼为‘宫市’。”

与此同时，宫市中还滋生出了一批人，这些人大约有数十百人，经常出没于长安东西两市以及热闹的集市，但凡看中的商品，一概强行低价拿走，有时不但分文不给，还向百姓们勒索“进奉”的“门户钱”及“脚价钱”。此时的宫市已经“名为宫市，其实夺之”了。

元和初年，宫市对百姓的危害尤为严重。白居易曾亲眼见到许多百姓明明是去集市上卖东西，最后却因为商品被宫里人看中，便不得不全数交出，最后拿着一点钱回家，甚至空手而归。白居易对宫市深恶痛绝，对百姓极度同情，于是写下了这首感人至深的《卖炭翁》。

卖炭翁

苦宫市也

卖炭翁，伐薪烧炭南山中。

满面尘灰烟火色，两鬓苍苍十指黑。

一位以卖炭为生的老翁，一年到头在南山里砍柴烧炭。他的两鬓已经灰白，烧炭时产生的浓烟将他的脸熏得变了颜色，烧炭时产生的灰尘沾满了他的脸。因为长时间的烧炭，他的十根手指也已经变得发黑了。

卖炭得钱何所营？身上衣裳口中食。

可怜身上衣正单，心忧炭贱愿天寒。

卖炭换来的钱用来做什么？还不是为了满足日常的吃穿。可怜这样的冬天里，他身上只穿着一件薄衫。可是为了能让炭卖个好价钱，他还是一心盼着天气再冷一点。

夜来城外一尺雪，晓驾炭车辗冰辙。

牛困人饥日已高，市南门外泥中歇。

夜里城外下了一场大雪，地上的雪积了大约能有一尺厚。天色刚蒙蒙亮，老翁便驱车出了门，碾着冰冻的车轮印前往集市卖炭。路不好走，到达宫市南门时，太阳已经升得很高。牛已累了，人也饿了，老翁便停下车来在泥泞之中短暂地歇息。

翩翩两骑来是谁？黄衣使者白衫儿。

手把文书口称敕，回车叱牛牵向北。

忽见两个身穿黄衣白衫的人骑马而至，走近了知来者是宫内的宦官。宦官的手中拿着文书，声称是奉皇帝之命前来买炭，然后随手便将牛车赶向北边的皇宫。

一车炭，千余斤，宫使驱将惜不得。

半匹红纱一丈绫，系向牛头充炭直。

一车的炭重约千斤有余，老翁纵然不舍，却也抵不过宦官们的强硬。宦官们一点钱都没有给老翁，只是将半匹红纱和一丈绫挂在牛头上，全当这些就是他们买炭的钱。

《卖炭翁》一诗中所讲述的内容，听起来悲惨，令人痛心。然而在当时，这样的故事时时都在发生，与诗中老翁有着类似经历的人数不胜数。想要吃饱穿暖只不过是人与生俱来的欲望，没想到这样简单的愿望却在压迫下变成了奢望。来自朝廷的剥削让百姓们甚至无法拥有基本的生存权利。

中唐时期的物价飞涨，木炭属于消耗品，其价格必然要远远超过纱和绫这样的耐用品。那些跋扈的抢夺者并非不懂市价，而是明知市价如何，仍然如此对待贫苦的百姓。长安城，一座位于天子脚下的城。在这样的一座城里，在光天化日之下，官家强抢百姓财物的事竟然屡次发生，成了常态，试想那些远离天子的地方又会是何情形。

宫市成为罪恶之源，虽然看起来责任都在宦官，但若非皇帝提出兴办宫市，又派宦官主事，纵容宦官的跋扈，也不至于对百姓造成如此大的危害。唐德宗刚刚继位时曾严禁宦官干政，然而一场泾原兵变让他改变了态度，不再信任文武百官，改信宦官。唐顺宗刚刚即位时也曾提出要禁止“宫市”，然而此时宦官的势力已遍布朝野，顺宗无力与其对抗，禁止“宫市”一事最后也只得不了了之。

到了唐宪宗时期，有良知的谏官和御史体察民情，多次建议皇帝取消此事，皇帝没有采纳。宦官对良臣加以迫害，皇帝也视而不见，更不要说追究责任。这就难怪很多学者在研究历史时认为，宫市之罪本是皇帝之罪，皇帝才是宫市的罪恶之源。

任是深山更深处，也应无计避征徭

《山中寡妇》杜荀鹤

杜荀鹤，字彦之，自号九华山人，晚唐时期著名现实主义诗人，擅长运用通俗的语言作诗和宫词，风格清新，语言平实，自成一体，被后人称为“杜荀鹤体”。

安史之乱的爆发使皇帝的权力越来越弱，并渐渐失去了在经济、政治，以及军事方面的实权。相比之下，各藩王们的势力显得更为雄厚，藩王割据的局面开始形成。此后的几位皇帝均由宦官拥立，更加有名无实，唐朝也就不断地衰败下去。

杜荀鹤才华横溢，无奈生不逢时，遇上了社会动荡的晚唐时期。他一生坎坷，自言出身“寒族”，细数家谱，家族之中皆是平民布衣，没有一人担任官职。这也使得他少时虽多次去长安参加考试，却因官场黑暗，自己又身份低微，于是屡屡落榜，不得不返回家中，过着读书耕种的生活。

唐大顺二年（891年），46岁的杜荀鹤终于以第八名的成绩考取了进士，却不想第二年政局动乱，他的仕途就这样又一次被断送了。直到朱温取唐建梁后，杜荀鹤才因曾以诗颂朱温而被任命为翰林学士，正式进入朝中。然而上任才不过五天，他便去世了。

在杜荀鹤的作品中，最为常见的是吟咏九华山面貌的诗篇，这与他长年身居于九华山有关。此外，他还创作了许多揭露社会黑暗，批判军阀混战，同情百姓疾苦，为民发声的作品。其中，有一些反映了唐末军阀混战局面下的社会矛盾和人民的悲惨遭遇的诗歌尤为著名，《山中寡妇》就是其中的一首。

唐广德二年（764年），唐代宗曾对农民增设了田赋附加税，即在粮食成熟前征收的税赋。这样的税收本就给农民们造成了极大的负担，更何况晚唐时期，大面积的桑林和田园在战争中遭到破坏，不要说上缴税赋，哪怕只是想要维持基本的生活都是不可能的事。在这样的情形下，朝廷却不顾农民的死活，坚持向他们收取田赋附加税，哪怕是住在深山里只能靠野菜为食的人也逃不过朝廷的剥削。《山中寡妇》一诗中描写的就是这样一位生活在深山之中的可怜妇人。

山中寡妇

夫因兵死守蓬茅，麻苎衣衫鬓发焦。
桑柘废来犹纳税，田园荒尽尚征苗。

丈夫已死在战乱之中，如今只剩她孤身一人守在茅屋，备受煎熬。身上穿的是麻苎制成的衣服，两鬓的头发因为缺少营养，变得焦黄枯槁。战乱毁坏了所有的桑树，已经无法继续养蚕织布，可如今却仍然要缴纳蚕丝税。田地也已在战火之中被破坏，成了荒地，可青苗税还是需要继续上缴。

时挑野菜和根煮，旋斫生柴带叶烧。
任是深山更深处，也应无计避征徭。

无米可炊的日子里，每日只能将挖来的野菜连根煮熟，勉强为食。缺少可以生火的木柴，便只能四处砍下生柴，然后带着叶子一起烧掉。不然又能怎么办呢？哪怕住进比深山更深的偏僻处，仍然会被官府找到，被迫上交赋税和兵徭。

晚唐时期，各地的藩王为了扩大势力，不断发起战争；一些农民忍受不了压迫和乱世，愤然起义。你来我往，一片混乱。

兵荒马乱的年代，最无辜的是普通百姓，最痛苦的也是普通百姓。他们手无寸铁，为了在战乱之中生存下去，不得不放弃田园四处逃难，却也难以避免妻离子散、生离死别的结局。苟活下来的人则提心吊胆、小心翼翼地过着每一天，每日为了衣食担忧。

世间有那么多孤苦无依的百姓，他们个个憔悴得不成样子，衣衫褴褛，骨瘦如柴。世间有那么多嗷嗷待哺的婴儿，他们个个面黄肌瘦，连啼哭的力气都快要没有了。那么多人明明还是壮年，却因为操劳和饥饿看起来如同老翁和老妪一般，身体虚弱，满面苦痛。那么多人食不果腹、衣不蔽体地勉强度日。皇位之上的人，本应去体察，去同情，去改善，可他看不见，也不屑去看。

整个朝政都落入奸人之手，皇帝成了傀儡，能看却不能言。在宦官的把持下，朝廷的地位已经岌岌可危，可纵然如此，朝廷仍然想方设法从百姓手中抢夺物资。他们不去关心田地已经在战乱中荒废了，长不出麦苗，结不出粮食，只关心是否能够像以往一样收到足够的租赋。

很多人躲入深山，因为深山里的毒蛇猛兽固然会对人产生威胁，却不是防不胜防。比起世道的黑暗，比起苛敛重赋的压榨，毒蛇猛兽带来的威胁反而显得轻了许多。无奈的是，那些官吏们紧逼不放，即便逃入了深山，他们仍然会追上来，要求交税。

那些官吏似乎忽略了一件事，在农业为重的时代，失去了田地，不但意味着百姓失去了生活来源，也意味着国家失去了生存的基础。终于，唐朝迎来了覆灭的那一天。

经乱衰翁居破村，村中何事不伤魂

《乱后逢村叟》杜荀鹤

唐朝末年，百姓因不满官吏强行收租，强行抓人服役，多次与官府发生冲突。唐乾符二年（875年），王仙芝、尚让等人在长垣起兵。随后，黄巢为响应王仙芝也发动了起义，史称“黄巢起义”。这场起义持续了数年之久，波及了唐朝半壁江山。

“黄巢起义”之前，唐朝已因藩镇割据而陷入了混乱，百姓生活极为艰苦。“黄巢起义”爆发后，整个社会陷入了军阀混战之中，百姓便更加无法安生，很多人都感到人生步入了绝境。正如杜荀鹤在《将入关安陆遇兵寇》中所写的那样：“四面烟尘少无处，不知吾土自如何。”

杜荀鹤的《乱后逢村叟》一诗反映的正是“黄巢起义”之后百姓民不聊生的情况。全诗中没有添加一丝诗人自己的感受，也没有对社会现象进行强烈的抨击，只是以平淡的语气，从客观的角度对一位疲惫乏倦、孤苦无依的老人进行了描写。诗人选用的词语都平实有力，没有一点夸张的成分，却能让人读过之后心生同情，感到悲痛。诗中没有任何明确的指责，却将战乱对百姓们造成的伤害表露得淋漓尽致。

在讲述村叟生活时，诗人采用了转述的方式，将村叟悲惨的生活呈现在读者面前，让人读了之后触目惊心。同时，诗人采用了含而不露的情绪转换，将村叟的情绪转换到自己身上，通过写村叟的悲来表现自己的悲，通过写村叟的惨痛来表现自己内心的痛。让人越读越感到悲愤，越读越无法冷静。在诗的结尾处，诗人用老翁面向夕阳，无力倚门的场景向人们展现了当时百姓对生活的绝望，虽未明言，一字一句却足以传神。

乱后逢村叟

经乱衰翁居破村，村中何事不伤魂。

因供寨木无桑柘，为著乡兵绝子孙。

一位历经多次战乱的老翁住在一个破败的村庄里。在这座村子里，发生的每一件事都叫人听起来伤心不已。为了提供修建军营的木材，村子里的桑树和柘树都被砍伐光了。为了组建乡村的军队，村里所有年轻的男子都被拉去当了兵，村里的老人们全都没有了子孙。

还似平宁征赋税，未尝州县略安存。

至今鸡犬皆星散，日落前山独倚门。

都已经到了这种时候，官府却还是像太平年间一样来收赋税。不但在这个村里是这样，在其他的州县里也是如此，没有一点安抚和体恤。如今连鸡犬都像空中的星星一样分散消失，不知道去了哪里。日落时分，只剩下老人自己坐在柴门旁边暗自叹息。

乡村生活本是美好的，日子简单，环境淳朴。村民们自给自足，时而忙碌，时而悠闲。然而战乱发生后，小小的一片净土也跟着遭了殃。年轻的男子被抓去当了兵，满村只剩下衰弱的老人、柔弱的妇女和手无缚鸡之力的小孩子。再也听不到田间地头的欢笑，只听得到夜半时分幽幽的哭泣声。

村子里再也听不到纺织的声音，因为用来养蚕的桑树都被砍去做了建筑材料，没有了桑树，就没有了蚕丝。没有了蚕丝，没有了丝帛，村民们也就没了生活来源。偏偏这时，还要缴纳官府的征税，于是一些人带着孩子逃离了这里，只剩下走不动的老人孤零零地守着一直生活的村庄。

曾经热闹的小村庄变得破败，满目萧条。起初，村民们还盼望着这样的日子能有个头，到后来，所有人都绝望了。一波又一波的战乱数年不停息，生活的环境越来越糟，生活条件越来越差，即便大人能勉强撑下去，可孩子又怎么办呢？很多妇人都在担心，若是自己撑不下去离开人世了，幼小的孩子怎么活下去。此时，反倒是那些老人更加淡定。是的，他们的儿子、孙子都已经上了战场，而且有些已经再也回不来了，连白发人送黑发人的机会都没有给他们。他们自然也就再没有什么可担心挂念的了。

只有生活悲苦到极致，才会令人失去活下去的勇气。只有现实黑暗到极致，才会令生者断了生存的念头。高高在上的人始终昏庸，不体恤百姓的疾苦，对民间生活不闻不问，不屑一顾，甚至将天下交入奸人之手。无论是不得已还是无奈，这样的朝代，最终面对的自然是灭亡。

第六章 心存远志，抒报国热忱

宁为百夫长，胜作一书生

《从军行》 杨炯

杨炯，唐代文学家，“初唐四杰”之一，擅写五言古诗，其内容大多以边塞征战为主，风格比较豪放有气势。在那个宫体诗较为流行的时代，他倡导“骨气”“刚健”的文风，诗风则兼顾了律诗的严谨和乐府诗的明快，呈现出了不同的特色。由于家境贫寒，怀才不遇，我们在读杨炯的诗时，也会读到一些他对自我遭际的不满，以及有志难酬的情绪。

杨炯天资聪颖，喜好读书，唐显庆四年（659年）参加童子试，一举及第，并因其出众的文采被人们视为“神童”，也因此在成年后被召入宫，在弘文馆待制。刚入弘文馆时，杨炯年龄尚小，还没有“学而优则仕”的概念，认为能够进入弘文馆待制就已经很好了，并对此感到很知足。然而在这里待得久了，学识和阅历随着年龄一天天增长，他的心中也渐渐萌生了想要一展才能，以所学报国的志向，并渐渐开始对自己的处境感到不满足。

唐上元三年（676年），正值而立之年的杨炯应制举，补秘书省校书郎。在当时，这一职位只是负责“雠校典籍”的九品小官，这令想要大展拳脚的杨炯感到有些失望。在此期间，吐蕃、突厥多次侵扰甘肃一带，于是朝廷派出了礼部尚书裴行俭出师征讨。看到武官有机会征战沙场，忠勇报国，自己却只能在屋子里“雠校典籍”，杨炯的心中感到不平，认为朝廷重视武官而轻视文官，于是写下了《从军行》一诗，既有抒发抱负之意，也有以诗发泄心中愤懑之意。

《从军行》本是乐府旧题，杨炯以此为题，用短短四十个字描写出了一位书生从军边塞、征战沙场的整个过程。先用一句“烽火照西京”写出军情紧急，紧接一句便写了书生担忧战事，不愿在书卷之中消磨时光，渴望奔赴前线的心情。杨炯本人便是书生，所以这句话也是他对自己内在情绪的表达。之后两句描写的是军队辞京时的情景，以及军队到达前线后立刻展现出的强大气势。第五句和第六句没有直接描写战斗如何激烈，而是对景物进行了描写，以此烘托战斗场面。在诗的最后两句中，诗人再次强调了书生愿弃笔从戎的志向，所表达的既是诗中书生的志向，也是自己的志向。

从军行

烽火照西京，心中自不平。
牙璋辞凤阙，铁骑绕龙城。
雪暗凋旗画，风多杂鼓声。
宁为百夫长，胜作一书生。

边塞告急，通报军情的烽火已经照到了长安，只叫人心中难以平静。奉命出征的将帅已经离开了皇宫，身着铁甲的将士们转眼间便到达了要塞，将敌人的据点重重包围。

漫天的大雪令天空变得昏暗，也令军旗褪了颜色。狂风怒号着，包裹住了隆隆的战鼓声。我愿与他们一起冲锋陷阵，哪怕只是一名百夫长，也好过守在皇宫里做一个终日与书籍为伴的书生。

古人常说，“学而优则仕”，读书人若想有所作为，只有考取功名、入朝为官一条路可以走。若是为官，尚且还有机会站在朝堂之上，发表治国治世的观点，辅助皇帝治理国家，造福百姓。如果不能为官，运气好一些的或许能给人当幕僚；稍差一点的也能去做私塾先生；实在无处可去的，便只能回到家中以耕种为生了。

许多书生十年寒窗苦读，一心想要入朝为官，以为做了官便可实现满腔抱负。待到他们真的当了官，才发现品阶低等的小官不但没有机会面圣，也难以让自己的才学得到尽用。至于那些闲职，则更是听起来体面，实则无权无势，并非他们所求的功名。

书生也有报国志，当他们所在的位置无法让他们施展才能时，他们便有了其他的愿望，比如征战沙场。虽然在旁人看起来，这种念头天真得不切实际，可对于那些书生来说，当满腔爱国热情无处释放时，似乎再没有比征战沙场更好的方式了。

我们可以说他们天真，可以说他们把事情想得太简单，但我们无法否认，并不是所有书生都是为了荣华富贵而去读书，去参加科举。哪怕在世人的印象中，书生都是手无缚鸡之力的柔弱形象，但在他们的内心，也同样有着坚定的报国之心。有时，他们远比我们想象的要勇敢和坚强。

但使龙城飞将在，不教胡马度阴山

《出塞》王昌龄

王昌龄，字少伯，盛唐时期著名的边塞诗人，擅作五言古诗和七言绝句，诗的内容主要为离别、边塞和宫怨。

王昌龄少年时期主要以农耕为生，家境一直比较贫困，直到三十岁左右时，方才考中进士，步入官场。中进士前，他曾在西域居住了较长一段时间，这段时间的生活为他提供了许多素材，他的边塞诗也大多创作于此时。

在王昌龄所有的诗作中，最为著名的当属边塞诗。边塞诗的起源大约在汉魏六朝时期，主要描绘边塞风光，反映戍边将士生活。随着之后的不断发展，到盛唐时期时，已成为了一种比较成熟的诗歌流派。

且由于唐朝实力雄厚，不断在对外战争中取胜，喜报频传，使得全国上下都对战争充满了自信，所以此时期的边塞诗大多描写了塞外将士的英勇善战，表达了人们渴望征战沙场，渴望早日平定战争、过上和平生活的愿望。在当时，大多数边塞诗人都喜欢用歌行长篇来描写塞外的生活、战争和风土人情，以及因战争而产生的各种情绪，王昌龄却选择了另一种方式，即以短小的绝句形式来对征人的种种情思进行描写。

《出塞》是王昌龄的一组边塞诗，也是他边塞诗中的代表作。其中，第一首诗是对当时边塞战争生活的高度概括，第二首诗是对战斗胜利时将士们英勇气概的描写。两首诗虽然篇幅短小，却富含了丰富的思想感情，所以这两首诗自古以来都得到了极高的评价。明代诗人李攀龙甚至认为，在唐人七绝中，王昌龄的《出塞》堪称压卷之作。

《出塞》中，诗人在开篇用七个字勾勒出了边塞的样子，通过描写边塞的风景来渲染出一种时代变迁、战争未止的氛围，让万里边关带上一股历史悠久的气息，以此来暗示战争持续之久，问题存在之久。进而让读者自行深思，为什么事情已持续了这么久却仍然没有得到解决。紧随其后的第二句将这种悲伤的氛围烘托得更加明显，让人在产生疑问的同时也对边关的兵士们产生同情。

诗的第三句和第四句既有抒情也有议论。诗人怀念旧日名将的目的是希望朝廷学会用人，早日平定边塞，让人们过上和平生活。他将自己的愿望融入诗中，字里行间充满了爱国激情和民族自豪感，同时又有弦外之音，使人寻味。

出　塞

秦时明月汉时关，万里长征人未还。

但使龙城飞将在，不教胡马度阴山。

明月依旧是秦时的那个明月，边关依旧是汉时那个边关。边关距离京城有万里远，派去御敌的人已经走了很久，至今还没有回来。

遥想当年龙城飞将李广将军率军抗击匈奴，战无不胜。如果他如今尚在人世，绝不会允许那些匈奴南下牧马，度过阴山。

一切仿佛都没有变，明月依旧是当时那个明月，静静地悬在天空，照着整个世界。可是物是人非，当年那英勇善战的将军不在了。试想当年他在的时候，他的名字曾令多少敌人闻风丧胆。只要有他在的战役，就一定是大获全胜的结局。到如今，边关仍然是那个边关，边关的风貌也一如当时那般萧条和孤寂。仍然有英勇的兵士在那里驻守，只可惜再不见龙城飞将那般善战的将军。

自秦汉以来，边塞战事不断，无数爱国的兵士们来到这里，保家卫国，却都有来无回。有些人长眠于此，将生命永远地留在了这片土地上；有些人虽然还活着，可外族不断来犯，令他们无法回家，无论多么思念家中的父母妻儿，也只能留在这里，守在这里。

边防一天不巩固，边塞的百姓就一天过不上安稳的日子，每天都要提心吊胆，在战争的动荡中寻求安身之处。这样的日子已经太久了，久到祖孙几代都不曾见过和平盛世，久到跨越了朝代，久到那些驻守边塞的将士们都不知道自己的家人变成了什么样子。

若是朝廷能派来良将，巩固边防，协助这些兵士们一同保卫国家便好了。如此一来，边塞的兵士们即便还是需要忍受着条件的艰苦和战争的艰辛，至少能够在良将的带领下看到胜利的希望。如此一来，他们便不需要每日只凭着自己的力气去与敌人硬碰硬，而是能够有更有效的抵御方法。

战争从来就不是小事。若是边塞被攻破，必会唇亡齿寒。若是继续置之不理，不引以为重，便免不了日后的国破家亡。边塞需要有良将驻守，敌军才会不敢来犯。

孰知不向边庭苦，纵死犹闻侠骨香

《少年行》王维

唐朝诗人王维向来以其山水田园诗而闻名，其实在他早年的诗歌创作中，也不乏一些充满英雄主义色彩，表达理想抱负的诗作，《少年行》便是其中之一。

《少年行》是王维的组诗作品，一共包含四首诗。第一首描写的是少年与好友相聚痛饮，第二首描写的是少年出征边塞，第三首描写的是少年在战场上的英勇表现，第四首描写的是少年凯旋后受到的不公对待。这四首诗让我们看到了一个不一样的王维，一个有爱国热情，抱负满怀，有意为国效命，不满世道不公的王维。

关于《少年行》的主人公，有人认为是同一位少年，有人认为是四位不同的少年，也有人认为是一群少年。这也是王维这首组诗的一个特点，四首诗写的都是少年游侠，相互之间却并无确切的联系，放在一起可视为一个整体，单独拿出一首也不会令人感觉突兀。

古代描写少年游侠的诗并不少见，很多诗人的心中都有一个少年游侠的形象，这个形象既可以代表社会上的一类人群，也可以代表诗人的一种自我意识或期望。从字面上来看，王维在用诗称赞这些少年游侠意气风发、忠心报国、不计得失的特质。仔细品读这些字句后，我们又会在字里行间品到一些属于王维自己的心思，以及那种积极向上的、渴望为国效力的情感。虽然他走过的路、经历过的事，都与少年游侠们不同。但他胸中也有着对国家的热忱，有着与国家同呼吸、共命运的觉悟，有着“明知山有虎，偏向虎山行”的胆识。

王维到了后期不再满腔热血，而是倾向于归隐，远离尘嚣，主要原因是殿上无明君，殿下多小人。王维的《少年行》作于“安史之乱”爆发之前，若唐朝能一直处于盛世，没有后来的混乱，或许王维也就不是我们今天所了解到的王维了。

少年行

新丰美酒斗十千，咸阳游侠多少年。
相逢意气为君饮，系马高楼垂柳边。

新丰美酒贵，一斗酒可卖到十千钱。经常在都城长安出没的那些游侠，多是意气风发的少年。他们遇到意气相投的人，便会与其开怀痛饮。饮酒的时候，他们骑的骏马就拴在酒楼下的垂柳旁边。

出身仕汉羽林郎，初随骠骑战渔阳。
孰知不向边庭苦，纵死犹闻侠骨香。

刚刚进入军队，便以羽林郎的身份跟着将军去了渔阳。明知前往边关之后，生活必然非常艰苦。可即便战死沙场，至少还能留下侠骨的芬芳。

一身能擘两雕弧，虏骑千重只似无。
偏坐金鞍调白羽，纷纷射杀五单于。

少年力大无比，仅任一己之力便能拉开两张雕弓。纵使敌人有千军万马，他也全然不会放在眼中。偏坐在金马鞍之上，把羽箭搭上弓弦，调整角度，将那些骚扰边境的敌王们杀得片甲不留。

汉家君臣欢宴终，高议云台论战功。

天子临轩赐侯印，将军佩出明光宫。

胜仗之后，朝廷摆起了庆功宴。宴会结束后，一群人坐在高高的云台上谈论战功。皇帝亲自在殿前给权臣们论功行赏，封侯赐爵。最后只有将军佩戴着印绶走出了明光宫。

翩翩少年游侠，年轻气盛，意气风发。他们可以无拘无束地呼朋引伴，畅饮美酒，把酒言欢；可以浪迹天涯，过着逍遥自在的生活。可他们并未如此。美酒虽好，却会伤身，不宜作为长久的消遣；自在虽好，却少了些内涵，时间久了容易令人感到空虚。

与其在享乐之中蹉跎岁月，不如在战场上燃烧自己的青春，释放自己的热情。骑上骏马，在沙场中驰骋，手刃敌人。是的，战场是危险的，刀无情，箭无眼，纵使身手再敏捷，武功再高超，也随时可能失去生命。可人固有一死，或早或晚，或快或慢。与其整日无所事事，在床上由着自己慢慢衰老，等待死亡的降临，倒不如趁着年轻去战场上与敌人一拼高下，给青春添上一笔精彩的记录。

好男儿志在报国。去从军，去杀敌，不为别的，只为实现自己的价值。何况再好的身手，若是始终无用武之地，也是一种浪费。报国的心得到了满足便好，亲手解决了几个敌人便好，有机会施展自己的能力便好，至于其他的，都不重要。

杀敌无数却不被人知有什么关系，凯旋之后得不到封赏又有什么关系，做的这一切本就与功名利禄无关，为的只是情怀。边关寒冷，可心是热的，就无畏寒冷。大漠荒凉，可心中有希望，就不觉得荒凉。

报君黄金台上意，提携玉龙为君死

《雁门太守行》李贺

李贺的诗一向意象新奇，充满极强的想象力。在《雁门太守行》一诗中，这些特点得到了全面而充分的体现。全诗共有八句，前四句写的是日落前的情景，后四句写的是增援部队到达战场时的情形。

诗的第一句初看是在写景，细品则会发现也是在写事。李贺用“黑云”代指敌人的军队，“压”字说明了敌军兵马众多，来势凶猛，双方军力相差悬殊，所以当“黑云压城”时，才造成会“城欲摧”的情景。由此可见，战场的气氛极为紧张，唐朝的军队急需增援。

第二句写的是守城军队虽然兵力不足，但士气不改，面对敌军庞大的队伍，他们没有半点退缩，而是穿戴着整齐的盔甲，严阵以待。一缕阳光透过乌云照在他们的盔甲上，让军队显得更加威严，令人感动。

第三句和第四句同样是通过对场景的描写来反映两军兵力悬殊，以及战争的惨烈。一场战役过后，双方皆损兵惨重，但相比之下，守军的伤亡尤其严重。在描写守军的伤亡情况时，李贺没有采用任何正面的描写，却足以让读者感到震撼，对守军的顽强抗敌更加敬佩。

第五句和第六句点明了援军前往的地点和行军的方式，以及援军到达战场后立刻参与苦战的场面。虽然夜寒霜重，困难重重，但是将士们都士气高涨，不惧强敌。

诗的最后两句是该诗感情升华之笔，也是该诗最为后人所津津乐道的一句。从内容上看，这两句点明了朝廷为保国家安定，愿以重金招揽天下英勇之士。从情感上看，这两句表明了将士们不惜以身殉国，也要奔赴沙场、为国而战的决心。至于战争的结果，我们不得而知，权当是诗人特意留给我们想象的空间吧。

该诗的另一个特点，是李贺在诗中运用了许多鲜明的色彩描写，比如金色的鳞甲、胭脂色的泥土和紫色的夜。通常来说，这些颜色不会出现在描写战斗的诗句中，但李贺不但用了，而且用得恰到好处。他将鲜明的色彩和暗沉的色彩一起用在诗中，令他的诗呈现出色彩斑斓的效果。

关于此诗的创作背景，目前有两种观点，一种观点认为此诗创作于唐元和九年（814年）。当时，唐宪宗派张煦为节度使，率援军前去雁门郡平息战乱。张煦出发前，李贺为鼓舞援军士气，即兴作诗一首，便是这首《雁门太守行》。另一种观点认为，唐朝张固所作的《幽闲鼓吹》中有记载，李贺曾将此诗放在诗卷第一篇送给韩愈过目，并得到了韩愈的好评，所以创作时间应是唐元和二年（807年）。无论哪一种观点更为准确，不可否认的是，李贺以他的"鬼才"创作的这首诗，堪称边塞诗中的一个亮点。

雁门太守行

黑云压城城欲摧，甲光向日金鳞开。
角声满天秋色里，塞上燕脂凝夜紫。
半卷红旗临易水，霜重鼓寒声不起。
报君黄金台上意，提携玉龙为君死。

敌军的兵马如同黑压压的云层一般向我军涌来，气势之大仿佛要将城墙推倒。我们的军队列阵以待，有阳光透过乌云落在铠甲上，闪烁出一片金色的光芒。秋色里响起嘹亮的军号声，将士们的鲜血渗入了泥土，凝成了胭脂的模样，在黑夜里呈现出暗紫色。

援军半卷着红旗连夜前往易水，夜寒霜重，鼓声听起来都格外郁闷和低沉。为了报答朝廷的重用和厚待，将士们一个个手提宝剑，视死如归。

国家有难时，敢于为国发声的是勇者，勇于为国捐躯的更加是勇者。

勇敢的人奔赴前线，奋勇杀敌。为保国家安定，他们毫不吝惜身体里的热血，尽情地挥洒在边关的大地上。他们知道，这一去很可能就不会再回来，可他们没有畏惧，没有犹豫。他们的头始终是高高仰起的，他们的眼神始终是充满热忱的，他们的目光始终是坚定的。

寒风萧瑟，他们站在风中，像一座座山峰，巍峨不动。他们满身的鳞甲在阳光下散发着耀眼的光芒，仿佛能够射穿一切黑暗，又像能劈开混沌的宝剑。他们的意志坚不可摧，英姿飒爽。若不是因为心中有着强烈的对国家的热爱，便不会有如此的坚定，如此的视死如归。

那前往边关的人，多到无法细数，他们的名字或许不会被人们记住，但后人会记住他们共同的名字——爱国勇士。

会当凌绝顶，一览众山小

《望岳》杜甫

杜甫一生之中创作过三首《望岳》，所描写的山分别是东岳泰山、西岳华山和南岳衡山，创作时期分别为青年、中年和暮年。从这三首诗中，可以读出杜甫不同时期的心态。

描写华山的《望岳》作于唐乾元元年（758年），杜甫被贬为华州司功参军之时，诗中充满了杜甫的失意彷徨和郁闷。描写衡山的《望岳》作于唐大历四年（769年），杜甫晚年游玩衡山之时，诗中凝结着杜甫的哀叹和忧郁。描写泰山的这首《望岳》则创作于唐开元二十四年（736年）。当时，杜甫前往洛阳参加进士考试，没能考中，心中颇感失望。之后，他便向北而行，去了齐、赵两国游览，并于此期间见到了巍峨高耸的泰山。

泰山之高曾令许多人望而却步，仅仅站在山脚下抬头看一看，便没有了上去的勇气。但是当时的杜甫和大多数年轻人一样年轻气盛，充满斗志，不畏困难，他在第一次见到泰山时，就被泰山的雄壮所打动，兴奋不已，产生了想要一登顶峰的念头，并说出了“会当凌绝顶，一览众山小”这两句充满壮志雄心的话。“会当”，即“一定要”。由此能看出杜甫那种不登顶峰不罢休的雄心壮志。

青年时期的杜甫不但敢于挑战高峰，也立志在政治上有所作为。在这首《望岳》中，我们可以读出他勇于面对困难、敢于积极解决问题的人生态度，以及他渴望有所成就，登高望远、俯视一切的壮志雄心。

该诗题为《望岳》，诗中却并没有直接用到“望”字，也没有用到其他表示观看、欣赏的词语，而是通过对在不同位置望岳时心中的感受和念头进行描写，以此来表现“望”的过程，以及所感所思。全诗遒劲峻洁、气魄雄放，充满激情和斗志，让我们读出了一个充满雄心壮志的杜甫的形象。

将此诗与其他两首《望岳》相比，我们会发现虽然杜甫的心态和情绪随着年龄的增长发生了不少变化，但他的爱国之情一直伴随着他，人到暮年时也仍有报国之思，只不过因为经历了太多波折，看透了现实，少了青年时的斗志和魄力而已。

望 岳

岱宗夫如何？齐鲁青未了。
造化钟神秀，阴阳割昏晓。
荡胸生曾云，决眦入归鸟。
会当凌绝顶，一览众山小。

泰山是什么样子的？走在齐鲁大地上，随处能看到它不尽的山色，郁郁苍苍。

大自然将天地的灵气聚集于此，令泰山如此神奇秀美。泰山之高，使得南北两侧明暗不同，如同清晨和黄昏。

山中不断有云气涌现，层出不穷，令我胸中的情感如波涛般汹涌。我睁大双眼，倦鸟归巢的画面映入眼眶，令人震撼。

为了能够俯瞰群山，我一定要登上你的山巅。

谁都有过年少气盛，渴望大展拳脚，闯出一片天地的时候。那时，我们怀揣着天真的梦想，把一切都想得很简单。那时，我们满怀着斗志，认为只要努力，总有一天梦想会变成现实。

年轻时不懂得收敛，总是急于将自己的才能展现在众人面前，得到众人的肯定。到头来却发现，并不是有斗志便能成功，也不是所有的努力都能带来收获。成功不仅仅需要热情，不仅仅需要坚定的信念，还需要适当的方法和环境的支持。于是，有的人在一次次挫败中失去了信心，有的人在一次次被人否定中失去了斗志。

时隔多年，有多少人仍然坚持着自己最初的信念，仍然坚持着自己的理想，保持着一如既往的热情？有多少人在人到中年时仍然能够大声地发出“会当凌绝顶”的宣言？那些当初激情满怀的年轻人之中，又有多少人最后真的实现了他们的理想？

现实不是童话故事，总会有美好的结局，令人向往和期待。但现实也并非泥泞不堪，让人站立不稳，难以前行。理想总是要有的，希望也是要有的，努力也是要有的。

年轻人若是没有斗志，没有对未来的希望，没有对自己的期望，生活便会像一潭死水，虽然平静，但是毫无新意。活着，也就成了一件极为无聊、极为难熬的事情，只能每天浑浑噩噩地过日子。那样的日子，过着又有什么意义呢？

趁年轻，勇敢一点，没什么不好。勇敢地想，勇敢地做，勇敢地拼。那些曾经充满斗志的年轻人，即使最后没有成功，至少他们曾经有过理想，有过希望，有过拼搏的过程。那样的日子，会是他们一生中最值得回味的珍藏。

第七章　生性浪漫，诉满腹深情

春蚕到死丝方尽，蜡炬成灰泪始干

《无题》(相见时难别亦难)李商隐

晚唐诗人李商隐有着多愁善感的性格，他的诗中也往往蕴含着朦胧的情感。只不过那些情感有时太过朦胧，后人在分析他的诗作时常常在该诗为何而作，以及表达的究竟是何种情感上出现分歧。现在的人普遍认为，李商隐的诗中主要表达了两种情感，一种是晚唐时期人们的伤感和哀苦，另一种是最为人们津津乐道的男女之间的浪漫爱情。

古代的诗歌中，有不少以“无题”为题的诗。起初，人们以为这些诗是作者随意之作，所以才会安上这样随意的题目。直到相同题目的诗读得多了后，人们才发现，这些诗虽然从标题上看起来随意，却是难得地表达了诗人强烈感情、反映了深刻主题的好诗。我们也可以这样理解，恰恰是因为诗人想要表达的感情过于强烈又难以言表，所以才用了“无题”二字为诗命名，以表达内心的隐痛、苦涩和无奈。

在众多诗人中，李商隐无疑是“无题”诗的代表人物。《全唐诗》中共收入了他的十六首以《无题》命名的诗。《无题》(相见时难别亦难)就是其中的一首。该诗以男女离别为题材，以一位思念爱人的女子的口吻描写了她与恋人明明情投意合，却不得不分离，内心极其悲伤、幽怨、相思的情感，是一首经典的爱情诗。有人猜测，此诗是他为玉阳山的道姑宋华阳所作，碍于宋华阳的身份，无法明言，所以才用了《无题》作题。

该诗采用女性视角，在开篇用“别亦难”三个字点明了主题，并由此展开，写出了女主人公不幸的爱情，写出了至死不渝的相思，写出了独自一人带着相思度过漫长岁月的艰难和凄凉，也写出了在渺茫的前途面前强打精神，强行生出希望的无奈。全诗中透着既不舍又无奈、既绝望又渴望、既痛苦又执着的复杂情感。

无　题

相见时难别亦难，东风无力百花残。
春蚕到死丝方尽，蜡炬成灰泪始干。
晓镜但愁云鬓改，夜吟应觉月光寒。
蓬山此去无多路，青鸟殷勤为探看。

相见的机会难得，更难的是分别之时，思恋之情难以割舍。春末的东风无力地吹着，百花凋谢，让人见了更觉伤感。

春蚕整日吐丝结茧，至死方休；蜡烛要直到烧成灰烬之时，烛泪才会不再滴。

分别后的日子里，女子每日早起对镜梳妆，都担心青春的时光会逝去，乌黑的头发会变得花白。思念的苦痛令男子夜里长吟难以入睡，看着窗外的月光，只觉得更加寒凉。

爱人就住在不远处的蓬莱山，距离并不遥远，却苦于无路可达。只好希望有青鸟能殷勤地替我去那里探望他。

世上最痛苦的相思，莫过于明明相爱，却不能在一起。不但不能在一起，就连见面都是一种奢望。彼此相爱的两人，恨不得整日厮守在一起。分离片刻，就会倍感思念。一日不见，便会度日如年。

情未了，爱仍在。曾经许下的海誓山盟在脑海中久久不去，日子越是冷清，那些声音就会越清晰。分开的每一秒里，两颗心都在相互挂牵，明明是自己白天茶饭不思，夜晚睡不安稳，却还要惦记着那个人有没有按时吃饭，有没有好好休息。分开的每一天里，两个人都会日思夜想，想那个人在哪里、在做什么、在想什么，有没有和自己思念他一样思念着自己。

一对被迫分离的恋人，一段求而不得的爱情，总是伴随着纠缠不休的情感，剪不断，理还乱。分开的时间久了，便会开始担忧，担忧那个人对自己的心是否一如既往，担忧分离的时间太久，那人是否会忘记自己。越是担忧，越是难过，越是寝食难安。

相别已是现实，相见遥遥无期。女为悦己者容，既然那人已经离开，梳妆打扮便没了意义。看着镜子里的自己，愁容满面，仿佛一夜之间老了数岁。无力挽留时间，于是只能眼睁睁地看着春天过去，满园芳草渐渐枯萎。无力挽留爱人，便只能在时光的流逝中日渐衰老，孤老一生。如此想着，心里的难过和凄凉便就又增添了几分。可是，又不甘心就这样死心，还是期盼着能再见，能以最美的样子出现在他面前。

心里默默地祈祷着，愿此生还能再见到那个人。即使无望，也要从无望中挤出一丝希望来。

身无彩凤双飞翼，心有灵犀一点通

《无题》(昨夜星辰昨夜风) 李商隐

有一种美叫朦胧美，虽然一眼看不清晰，琢磨不透，却能从中感受到莫名的美，进而产生许多遐想。朦胧美有着它独特的魅力，让人越是琢磨不透，越是欲罢不能，忍不住想要向它靠近。

在诗歌创作中，朦胧美是一种表现手法，也是一种特殊的创作风格。若说起这种风格的代表性人物，就不得不提到唐朝诗人李商隐。他在进行诗歌创作时，总会运用一些极为隐晦的文字和表达方式，将浓情厚谊隐藏在文字里，所表达出的情感扑朔迷离，令人捉摸不透他的这些情感究竟因谁而生，诗又是为何人所作。

因为李商隐创作诗歌时过于喜欢运用含蓄、朦胧的表现手法，所以很多人表示读不懂他的诗，不知道他究竟想要表达什么。但这并不影响大家对其诗作的喜爱。就像很多人说的“虽然读不懂李商隐，但就是喜欢他的诗，因为意境太美了。”

我们在观看一场让人身临其境的电影时，往往会随着片中人物的欢喜而欢喜，随着片中人物的悲伤而悲伤，随着片中人物的思念而思念。读李商隐的诗也会有类似的感觉。李商隐的诗总带着一丝朦胧的美感，那是一种蕴藏在字里行间的美，形成得极为自然，却又并不常见，能给人耳目一新的感觉。

朦胧美只可意会，不可言传，若是说明了，说透了，反会失去那种美感。虽然意境有些缥缈，难以触碰到，感情却十分真切。人们在读他写的诗时，只要静下心来细细地体会，眼前便会浮现出一些模糊的画面，心中便会涌现出一些奇妙的情感。

《无题》（昨夜星辰昨夜风）是李商隐一部组诗《无题》中的第一首，这首诗所描写的是诗人在一次夜宴中偶遇意中人，心中热切地渴望追随，却因一些阻碍只能遥望，不得不满怀失落回到家，又因次夜之景触发了追忆。至于诗中提及的意中人究竟是谁，有人说是恋人，有人说是皇帝，也有说是贵族的家眷，始终没得出一个标准的答案。同样的一首诗，同样的一段描写，既可用于君臣，也可用于恋人，这也是李商隐的诗妙处之所在。

无　题

昨夜星辰昨夜风，画楼西畔桂堂东。

身无彩凤双飞翼，心有灵犀一点通。

隔座送钩春酒暖，分曹射覆蜡灯红。

嗟余听鼓应官去，走马兰台类转蓬。

还记得昨夜的星空和昨夜的春风，还记得我们偶遇的地方在画楼西侧，桂堂之东。

虽然我们不像彩凤拥有双翼，能够飞到一处去，但是我们的心有灵犀，不需要言语便能相互沟通。

我们隔着座位一起玩送钩的游戏，春酒入腹令人觉得温暖。射覆的时候我们没有同组，那蜡灯看起来格外的红。

五更的鼓声响起，天快要亮了，我不得不离开宴会，准备上班应差。于是我叹了口气，骑马赶去兰台，心中却像转着的飞蓬。

无法相见时互相思念，感同身受；见面时不需言语，一个眼神便能心领神会；举手投足之间，每一个暗藏心思的举动都能够被对方知晓，得到回应。这便是令许多人羡慕、渴望的心有灵犀。

心有灵犀，是最好的默契，最让人难以割舍的关系。我知道你的心意，你也知道我的。我的每一个表情、每一个动作、每一次选择都不需要对你过多解释，你便懂了，于是微微一笑。我看到你的笑，便也知你懂了。在旁人眼中，那不过是一些平常无奇的动作，对我们来说，却是一种语言，一种只有我们两人才懂的语言。

那些只属于两人的小秘密，想起来时大多是令人窃喜的，可有时也会让人心生伤感。纵然心有灵犀，也渴望能在花前月下执手相对，在寒冷之中相互依偎。见面时，只能远远地望着，偶尔四目相对，也不敢过多停留，生怕有他人看出端倪。

有多少次嘴角微动，差一点就呼唤出那个心心念念的名字，忍了又忍，最终还是咽了下去。心中默念着，不能说，不能说。有多少次不得不闭上眼睛，只因担心充满渴望的目光会紧紧追随那人而去，一颗心再也收不回。想必，那人也是如此。一定是的，既然心有灵犀，那人便一定是懂的。

偶遇，相望，转身，离开。短暂的相见解了相思之渴，却也令相思更重。回到家中，一个人坐在窗前，看着空中的月，饮着杯中的酒，安慰自己说，罢了，至少我们仍然心有灵犀。

何当共剪西窗烛，却话巴山夜雨时

《夜雨寄北》李商隐

李商隐是感情丰富之人，也是情路坎坷之人。相传，少年时，他曾因自卑忍痛拒绝了权贵令狐楚的女儿；之后，他对洛阳城一名为柳枝的女子动了情，却因急于赴京赶考未能给其承诺，最后柳枝另嫁他人；在玉阳山求道时，他与宋华阳心生好感，后因无法冲破世俗而放弃；最后，他得到泾元节度使王茂元的器重，并在其撮合下娶了其女为妻。

有人说，王茂元属于“牛李党争”的李党，他是因为看中了李商隐的才能，为了拉拢李商隐，才特意设计让李商隐娶了自己的女儿。从历史记载中看，此事确有可能。但无论这场婚姻的初衷是什么，不可否认的是，李商隐与王氏感情较好。不然，李商隐便不会写下那么多描写他与妻子王氏爱情的诗了。

王氏出身富贵人家，却性情贤良，全然没有大小姐的骄纵之气。李商隐年轻时追求功名，与王氏聚少离多，王氏却从无怨言，尽心尽力地照料着家庭，这让李商隐很是感动，同时也对王氏心存歉意。

唐大中五年（851年）春夏期间，王氏因病去世。当时李商隐在外游历，所以对此事并不知情。数月后，李商隐收到了家中来信，方才得知此事，然而距离王氏去世已隔数月，一切都已经结束了。想到妻子重病之时自己不在她身边，妻子病故时自己仍然不在她身边，甚至连她的死讯都是隔了几个月才知道，这让李商隐对妻子的愧疚之情又加深了几分。

同年秋天，李商隐接到柳仲郢希望他能去四川任职的邀请，便简单收拾了行李，与其一同前往四川。因为刚刚失去妻子的缘故，李商隐在四川时常郁郁寡欢，对仕途也不再像之前一样热衷了。一天晚上，天空中下起了雨，这样的天气更加触发了李商隐悲伤的情绪。于是，他提笔写下了《夜雨寄北》一诗。

关于此诗，有些人认为是写给远在家乡的亲友的，表达了诗人思念家乡，想早日与亲朋好友团聚的心情，理由是当时王氏已故，即使李商隐真能回到家中，也是无法团聚和在烛下谈心了，所以不可能是写给王氏的。其实，我们从李商隐一贯的写作方式来看，此诗若是为了悼念王氏也并非不可，因为若是夫妻，在团聚的时候“共剪西窗烛”就比较贴切，若是和朋友一起，则差了些意味。

夜雨寄北

君问归期未有期，巴山夜雨涨秋池。

何当共剪西窗烛，却话巴山夜雨时。

你问我什么时候能回去，我一时间不知该如何回答。巴山这里每夜都在下暴雨，雨水已经下得涨满秋池。

等我回到家中与你再相见时，我们再一同坐在西边的窗前，一边剪烛芯，一边聊一聊这巴山的夜雨吧。

远离了心爱的人，总叫人牵肠挂肚。每个夜里就会感到屋子里面冷冷清清，少了烟火气，也少了人气。在外的每一天都归心似箭，恨不得能够快点处理好眼前的事情，早一点回到家中与爱人团聚，可希望只不过是希望，现实也仍然是现实。

看着信纸上那娟秀的字迹，想象着你写信时的样子，定是双目含情，眼波流转。读着信中的字句，耳边仿佛响起你温柔的声音，轻轻地嘱咐我要注意身体，照顾好自己。信纸上散发着你的想念，你又可知我也与你一样，深深地想念着你。

一个人躺在空荡荡的床上。窗外阴雨连连，雨滴打在屋檐上，演奏出一首忧伤的曲子。有风溜进了房间，扰得烛火微微地摇动，忽明忽暗。恍惚中看见了你的笑容，一如往昔，明媚如暖阳。想起上一次回家，你与我在窗边聊着贴心话，轻手修剪结了蕊花的烛芯时那满室的温馨。刚想起身，一阵风来，吹熄了烛火，你的笑容也随之消失不见。整个房间又一次陷入了阴暗和冷清。我只能反复回味着你在信中写的每一个字，慢慢咀嚼着内心的孤独和思念。

离家时本想有所作为后风光凯旋，许你一世富贵安稳，怎想到天不遂人愿。你早早地离开，即便我真的取得了成就，没了你与我分享又有何意义？或许是你在家中等了我太久，期限已到，所以才会离开。早知如此，倒不如当初收敛一些心思，多陪你一些。如今淡了心思，不想再为仕途奔波，想要回家，却没有你在的家可以回了。

若你我还有来日，若今生还能与你相聚，必然十分欢乐。此时，一切却都成为了奢望。只能在雨夜中想象着重逢的喜悦，想象着相拥的幸福，想象着你的温情，以此来安抚我这颗凄凉孤独的心。

此情可待成追忆？只是当时已惘然

《锦瑟》李商隐

多情之人易动情，也易被情所伤，所以李商隐的诗中常蕴含着深深的哀愁，那些因情而生、挥之不去的哀愁。经历了太多的痛苦，经历了太多感情的波折后，他将那些因情而生的忧闷都融入了他的诗中。没想到这些忧闷一旦碰触到文字，便生了根，发了芽，令诗变得更加有灵性，有韵味，读起来格外动人。

《锦瑟》一诗作于李商隐晚年时期，本是一首无题诗。因该诗的首二字为“锦瑟”，于是人们习惯了将这首诗称为《锦瑟》。在这首诗中，我们既能读出他对自己一生坎坷的感叹，对岁月流逝的感叹，也能读出他对亡妻的思念。

瑟是一种拨弦乐器，通常有二十五根弦。锦瑟指的则是装饰华美的瑟。关于李商隐为何在诗中称锦瑟有“五十弦”，人们猜测，也许是因为这把瑟的二十五根琴弦都已经断了，所以才成了“五十弦”。在首句中，诗人用了“无端”二字，其意为“无缘无故，生就如此”。然而这是不可能的。琴弦全断，或是因放置的时间太久最终朽烂而断，或是因弹奏得太频繁磨损而断，或是因弦绷得太紧而在弹奏时绷断，或是被人强行割断。诗人在这里用了“无端”二字，无非也是他习惯性的隐晦罢了。

无论真正的原因是什么，瑟既然已经坏了，就再也无法弹奏出动人的乐曲，留之无用。而在诗人眼中，这把瑟仍旧非常珍贵，因为它的每一根弦都能让他想起曾经的美好时光。看到这把瑟，往日一幕又一幕动人的场景就会浮现在他的脑海。那些过去实在太过美好，让他恍惚之间分不清自己是梦是醒。

拥有过的一切越是美好，失去之后就越会令人难过。原本触手可及的那些人、那些事，如今再也无法碰得到，只能在心中静静地回想，静静地怀念，这才意识到原来世间本就没有永恒的拥有。所有的拥有都只是暂时的，只有失去才是永远的。

锦　瑟

锦瑟无端五十弦，一弦一柱思华年。

庄生晓梦迷蝴蝶，望帝春心托杜鹃。

沧海月明珠有泪，蓝田日暖玉生烟。

此情可待成追忆，只是当时已惘然。

精美的瑟为何平白无故生出五十根弦？那每一弦、每一柱都令我不由自主地追忆起曾经美好的青春年华。

庄周在梦里变成了蝴蝶，随着蝴蝶翩翩起舞。望帝身故后化作杜鹃鸟，日日在林间哀怨地啼叫。

沧海有鲛人，其泪亦可化作珍珠。月明之夜，被月光滋养过的珍珠光泽夺目。蓝田的玉只有在日暖之时才会有玉气升腾，如烟般袅娜。

如此的情怀早就有了，并非直到它们成了回忆之后方才生出。只不过当时因为心中一片茫然，未能感受得如此真切而已。

待到尘埃落定，回首前尘往事，才知人生如梦。

那些美好的，像一场美梦。明媚的阳光下，遍地花开的田野散发着香甜的气息，翩翩起舞的蝴蝶看得人眼花缭乱。轻柔的微风拂面而过，带来一丝沁人心脾的芬芳，也撩拨起耳后的一缕发丝，弄得脖子痒痒的，心也痒痒的。迎面走来的，是日思夜想的人。那人不过面露微笑，轻轻地招一招手，心便随之飞去了。在树下，在河边，在亭中，在山间。四目相对，双手相牵，就仿佛拥有了整个世界。

那些悲伤的，像一场噩梦。阴冷的暴风雨中，树枝发狂一般地乱舞，芳草枯萎，百花凋零。冷冷的雨点用力拍打着脸颊，疼得像被人扇了耳光。林间的风听起来像是痛苦的哀号，令人不住发抖。黑压压的乌云让人喘不过气。以为是雨水模糊了眼睛，才会渐渐看不清心上人的身影。直到用力抹掉脸上的雨水和泪水，才发现那人真的已经不在了。只能放下快要挥断的手臂，呆站在原地。

美梦无人愿意醒，噩梦无人不想逃。于是，有些人宁愿一辈子抱着美梦不放，留在那个缥缈虚幻的空间里，也不肯回到现实中。有些人为了逃避现实的残酷，自欺欺人地让自己相信曾经的，以及正在经历的一切不愉快都只是个梦。

人生如梦，却不是梦。所有的梦都会有醒的一天，人生却不会。那些真实发生过的一切，真正经历过的日子，我们想留，留不住，想抹杀，也抹杀不去。爱过就是爱过，伤过就是伤过，痛过就是痛过。那些不喜欢的，不愿意接受的事实，我们最多只能把它们当成噩梦，骗自己它们不曾真正发生过，以求一时的释怀。所谓的“梦醒时分”，不过是参透了人生，悟透了生命的真谛，从迷途中醒悟，不再纠结于过往罢了。

惟将终夜常开眼，报答平生未展眉

《遣悲怀三首》（其三）元稹

元稹，唐朝著名诗人、文学家，与白居易同科及第，交情颇深，并共同倡导了“新乐府运动”。此人在诗歌方面有较大成就，现存诗八百三十余首。

唐贞元十八年（802年），元稹参加科举考试，不幸落榜。不过时任京兆尹，后任太子少保的韦夏卿却十分欣赏他的才华，认为他日后定会出人头地，不但将他收入门下，鼓励他再次参加考试，还将自己的小女儿韦丛嫁给了他。

起初，元稹娶韦丛的目的并不单纯，可是与韦丛相处一段时间后，他发现自己渐渐爱上了这个出身富贵，却不贪图享乐、爱慕虚荣，愿意守在他身边，陪他过清苦日子的姑娘。特别是在他忙于考试、无心顾家时，韦丛这样一位富家千金竟然没有一句怨言地替他负担起全部家务。

韦丛的贤惠、端庄、体贴、温柔，无一不让元稹感动。他越发努力地准备考试，发誓要有一番作为，不辜负韦丛对他的支持和关爱。不幸的是，就在元稹升任监察御史后，年仅27岁的韦丛因病去世了。

韦丛的病逝对于元稹造成了巨大的打击。他本以为自己终于出人头地，可以让韦丛不用再那么辛劳，过上安逸的日子，没想到她竟然就这么去了。一想到那么艰苦的日子她都陪他熬了过来，如今生活马上就要好起来，她却弃他而去，元稹的心里就痛苦万分。

《遣悲怀三首》据传写于韦丛下葬那天。第一首追忆了韦丛生前与他一起度过的贫苦生活，感叹韦丛的不易，并表达自己的遗憾；第二首描写了韦丛死后，他时常会因一些日常的小事而想起她，进而陷入久久的悲哀；第三首侧重写韦丛去世一事带给他的感悟，让他意识到生命的短暂。全诗贯穿一个“悲”字，体现了他对韦丛的感情之深，以及他对韦丛病逝的遗憾。

遣悲怀三首（其三）

闲坐悲君亦自悲，百年都是几多时。
邓攸无子寻知命，潘岳悼亡犹费辞。
同穴窅冥何所望，他生缘会更难期。
惟将终夜长开眼，报答平生未展眉。

闲来无事，我坐在那里为你感到悲伤，也为我自己感到悲伤。人生百年说短不短，说长也不长。邓攸天性善良却没有后代，想必是命运的安排。潘岳为亡妻写的悼诗虽好，却也只是徒然悲鸣。

相爱的两个人，即便死后能够合葬在一起，也已无法相互诉衷情。更不要说什么来世结缘的期望了。我如今也只能整夜睁着双眼思念你，以此来报答你这一生因忧愁而不得舒展的双眉。

许多男人都渴望拥有一个温柔贤惠、体贴善良的妻子，渴望拥有一份真挚纯粹的感情，可是当他们真的拥有了这些之后，却又总会因为各种各样的“不得已”而无法与爱人相伴，或者无法全心全意地回应对方给予他们的爱。直到失去，他们才开始后悔，可后悔又有什么用呢？人死不能复生，欠下的债终究是还不了了。

用诗来表达对已故之人的爱和思念，终究不过是一种自我安慰和情感的发泄罢了。再多读起来感人至深的诗句，也不如生活中的一份体贴。很多女人最怕的并不是生活上的贫穷，而是感情上的贫瘠。日常生活中，付出的感情能够得到心爱之人的回应，便是最好的礼物；闲暇的时光里，有心爱之人与之朝夕相处，便是最大的满足。

曾经沧海难为水，除却巫山不是云

《离思五首》元稹

自从韦丛去世，元稹的心中便生出了一个结，这个结一部分源自他对韦丛的爱，另一部分源自他心中的憾。对于当年一无所有的他而言，能拥有一个如此贤良可人的妻子，是天大的幸事，可是他却没有让她过上一天好日子，这件事一直折磨着他，让他感到自己愧对了韦丛。可是斯人已逝，无法与她共享那份升职的喜悦，也无法与她共享之后的富贵荣华。

元稹想要对韦丛倾诉自己的心声，思前想后，却始终别无他法，能做的只有不停地写诗。除了《遣悲怀三首》外，他为悼念亡妻而写下的《离思五首》也十分有名。特别是其中那句“曾经沧海难为水，除却巫山不是云”，令很多人读了之后都为之动容，认为是难得一见的经典诗句。

在《离思五首》中，元稹从神色、动作、容貌、语言等方面勾画出了韦丛生前的动人模样，又通过描写两人相处的情形来诉说他们在一起时夫妻恩爱，生活充满情趣，将自己对韦丛的偏爱表露得十分到位。第四首是经典中的经典，全篇没用一个表达感情的字，却充分表达了诗人对亡妻的感情之深。最后一首中，诗人再次赞美了亡妻与其他女子的不同，并表达了自己无尽的怀念。

离思五首

自爱残妆晓镜中，环钗谩篸绿丝丛。

须臾日射燕脂颊，一朵红苏旋欲融。

你总是喜欢早起对着镜子里欣赏残妆，将簪子参差不齐地插入发中。片刻之后，初升的太阳照在你涂抹了胭脂的脸颊上，你的脸颊便美得像一朵刚刚绽放的红花，又好像要化开了一样。

山泉散漫绕阶流，万树桃花映小楼。
闲读道书慵未起，水晶帘下看梳头。

山泉绕着台阶缓缓地流着，万树桃花掩映着小楼。我在楼上还没有起身，一边懒散地翻看道教书籍，一边透过水晶帘看你在梳妆台前梳头。

红罗著压逐时新，吉了花纱嫩麹尘。
第一莫嫌材地弱，些些纰缦最宜人。

红罗上总是压着新颖的花样，绣着八哥花纹的纱布被染上了酒曲一样的颜色。你叫我不要总嫌布料太轻薄，那种稍有经纬稀疏的帛穿起来才最舒适。

曾经沧海难为水，除却巫山不是云。
取次花丛懒回顾，半缘修道半缘君。

曾领略过大海的广阔无垠，再看别处的水，就觉得不算什么了。曾领略过巫山顶上的云雾，再看别处的云，也就觉得不算什么了。即便身在花丛中，我也只会草草地看一眼，这其中的原因，有一半许是因为修道，另一半许是因为见过了你。

寻常百种花齐发，偏摘梨花与白人。
今日江头两三树，可怜和叶度残春。

百花齐放的时候，我偏偏摘了朵洁白的梨花送给肤色洁白的你。如今梨花凋谢，江边只剩下两三棵树陪我站在这里，孤单地度过残春。

这世上，再无像你那般的女子，如梨花般洁白优雅，气质出众，性情温柔。这世上，再无像你那般的女子，出身富贵，却又不畏贫寒。这世上，再无像你那般的女子，天生丽质，蕙质兰心，美得超凡脱俗。

除了你，再美的女子都无法让我动心。或许她们有可与你媲美的容颜，却定不会有如你一般的性情和品质。或许她们有可与你媲美的才华，却定不会有你那既如仙女般脱俗，又有人间烟火气的气质。

你便是最好的，这世间最好的，无人可比拟。明知你已不在了，可你的一颦一笑却印在我的脑海里，久久难以忘却。眼前时常会浮现出你的绯红的脸颊，明眸皓齿，纤纤玉指。你坐在梳妆台前，依旧是那么美丽，那么温柔，那么优雅。今世欠你的情已无机会再报，若有来世，我愿付出一切，只求你一生平安。

第八章　忧心战事，盼世间安宁

从来幽并客，皆共尘沙老

《塞下曲四首》(其一)王昌龄

王昌龄，字少伯，盛唐时期著名的诗人，极其擅长写七言绝句，被后人誉为“七绝圣手”。虽然相比于李白、杜甫等人，他的诗歌题材略窄，主要是离别、边塞、宫怨题材的诗，在边塞诗人中，他的诗歌数量也不及高适和岑参多，但从诗的质量上来看，他可称得上是边塞诗的创始和先驱，因为他自唐开元十三年（725年）便开始在西北边地漫游，过了很长一段时间的边塞生活，而当时的高适和岑参还不曾有过边塞生活的体验。

唐开元十二年（724年），二十七岁的王昌龄前往河陇，出了玉门。在那里，他看到了一个真正的边塞，体验到了真正的边塞生活。大漠、孤城、雪山、烽火……种种边塞特有的景象映入他的眼帘，震撼了他的内心，让他切实地感受到了边塞风景的壮美，同时也感受到了边塞人民生活的艰辛，以及征夫们的痛苦。这些感受激荡在他心中，令他创作出了大量描写边塞生活的诗歌。

在创作边塞诗时，王昌龄惯用“化无形为有形”的艺术手法，将情感注入到特定的事物中，以此将情与景巧妙融合起来。同时，他还运用了“直中含曲”的方式，将言外之意浸透到对实景的描写之中。

在王昌龄创作的多首著名边塞诗中，《塞下曲四首》是一部组诗作品，体裁为五言古诗。在第一首和第二首中，王昌龄通过描写边塞的景色和战争的残酷，表达了自己反对战争、渴望和平的思想。在第三首和第四首中，诗人又通过对战争的过程和对一位为国牺牲的将军身后事的描写，表达了对边关将士们的同情和对他们受到不公待遇的愤慨。

在唐朝，一些人将征战沙场视作一种建功立业的途径，希望能够通过在战场上创下的功绩来得到皇帝的封赏，却不知这种机会无比的渺茫。大多数情况下，他们只会战死沙场，悄然无名。在《塞下曲四首》（其一）中，我们可以读出诗人对这样一种现象的反对，对战争的厌恶，以及对那些为国捐躯的无名将士们的惋惜之情。

塞下曲（其一）

蝉鸣空桑林，八月萧关道。

出塞入塞寒，处处黄芦草。

从来幽并客，皆共尘沙老。

莫学游侠儿，矜夸紫骝好。

秋来叶落，知了在稀疏空荡的桑林中孤独地鸣叫。走在八月的萧关道上，感觉到秋高气爽。出塞之后进入塞北，空气突然间变得寒冷起来。目之所及之处，到处是枯黄的芦草。

那些来到幽州和并州的人，一向都只能与空气中飘浮的沙尘相伴到老。切莫学那些自恃勇武的少年游侠，自命不凡地夸耀自己的骏马有多么善于驰骋，一边到处惹是生非，一边炫耀自己的武功有多高。

秋天的枯草、落叶、萧萧寒风，都让人觉得这个季节格外悲凉。身处于边塞，时值深秋，眼前的景象就更加让人感到凄凉和冷清。桑树上的叶子被风吹落了许多，剩下为数不多的叶子在枝头上固执地不肯落下，随风摇摆，看起来格外孤单。茂密的桑林也显得萧条了。加上林间不时传来的寒蝉的鸣叫，让人听了更加感到悲伤。金黄的田地可以给人带来丰收的喜悦，枯黄的秋草却只能给人心中增添伤感。暮色之下，满眼的死寂，秋风有声，却只是将这片死寂衬托得更加明显。

边塞的景为何如此令人伤情？还不是因为那连年不休的战争。来到此处的人多，从此处回的人少。多少人来时满心期冀，想着能在战场上建功立业，再用战绩换得赏赐和功名。可到头来，来时的血肉之躯最后变成了横尸遍野，白骨嶙嶙，再也离不开这片土地。他们的宏图大志也像沙尘一样被风吹散，看不到一点踪影。

紫骝马善于驰骋，少年武功高强，可到了战场上，刀剑无情，羽箭无眼。万箭齐发时，箭如雨下，密密麻麻，铺天盖地，战场上的人又能去哪里躲避呢？纵使马儿跑得再快，少年的身手再矫捷，武功再高强，也终究是双拳难敌乱箭，难以幸存。大好的年华，就这样断送在离家千万里之外的陌生土地上了。

希望是美好的，结局是悲惨的。已经有太多人的大好年华就这样结束了，可仍然有很多人，怀揣着同样的希望前来，这是多么令人无奈。战争是残酷的，若仅仅是热血少年，意气用事，想要保家卫国，尚且值得称赞和同情。若纯粹为了功名，不惜性命，则实在不必。

黄尘足今古，白骨乱蓬蒿

《塞下曲四首》（其二）王昌龄

唐开元二年（714年）旧历十月，吐蕃派了十万精兵攻打临洮。在朔方军与摄右羽林军等军队的奋力抵御下，最后吐蕃大败，数万吐蕃将士身葬于此，尸体多到阻断了洮水。唐朝在此场战役中俘获了马羊二十万。关于此场战役，新旧《唐书·王晙列传》《吐蕃传》等书中均有记载。

唐人每提及此战都感到非常骄傲，认为在这一战中，将士们的士气极高，所以才能大获全胜。于是，他们对此战极为赞颂，并且习惯以此鼓舞更多将士奋勇杀敌，多创战绩。王昌龄却并不赞同这一观点，边塞的生活让他深刻地体验到，任何一场战争的实质都是流血和牺牲，无论最后战争胜利还是失败，都会有许多将士为之丧生，不应该只看到胜利的果实，为之欣喜，却不去在意战争背后的牺牲。

在《塞下曲四首》（其二）中，王昌龄特意提及了这一场战役以及人们对待这场战役的态度，却并未直接指责战争，或纠正人们对待战役的态度，他只是通过秋季黄昏时分塞外悲凉的景色，以及“遍地荒草，满天黄沙，满地白骨无人”这样的侧面描写刻画出了战争的残酷，表达了他对将士的同情以及厌战的情感。

塞下曲（其二）

饮马渡秋水，水寒风似刀。

平沙日未没，黯黯见临洮。

昔日长城战，咸言意气高。

黄尘足今古，白骨乱蓬蒿。

牵马下河，喂马喝了水。河水冰冷刺骨，秋风吹在身上，感觉像是在被刀割。广漠的沙原尽头，夕阳还没有完全落下。前方的景象模糊昏暗，隐约能看到远处的临洮。

当年那里曾经有过一场激烈的战役，后人每每提起，都称赞那里的将士意气风发，斗志昂扬。却很少有人提起，这里自古以来一直都是黄尘弥漫，到处是零乱的白骨和野草。

临洮，古称狄道，是古丝绸之路的要道，时常发生战争。唐朝初期，此处被设为临州，后又设为狄道郡。这里是塞外边关，这里的秋风不同于中原，凛冽而凶猛。黄沙在风中飞舞，让人难以感受到秋高气爽，只能感受到刀割般的疼痛。下河饮马时，河水冰冷入骨，令双腿感到一阵阵的刺痛。

抬眼所见，是茫茫大漠，一眼望不到边。自古以来，这里都是很多人争抢的地方，于是，许多将士们就在这里一边整日忍受着环境的残酷，一边承受着战争的伤痛。一批将士倒下了，另一批将士又赶过来。他们的尸体来不及清理，就只能在杂草之中腐败、风化。年复一年，日复一日，这里堆积的白骨越来越多，已经分不清谁是谁。

战争永远是残酷的，伤人的，无论正义与否，都是残酷的。哪怕是为了保家卫国而战，也无法抹去它残酷的本质。有战争就会有流血，有牺牲。无数人在战争中拼尽全力地冲锋陷阵，死得轰轰烈烈，却也死得默默无闻，没有名垂千古，只是被人渐渐遗忘。只有极少数的人能在战争中幸存，在战后凯旋，得到皇帝的赏赐，甚至封官加爵。更多的人都葬身在了战火之中，不要说封赏，就连抚恤都没有得到。

一场战争，即使最后获得了胜利，又有什么值得炫耀的呢？辉煌的战绩背后是无数人的鲜血，军功显赫的将军脚下是无数人的尸体。俘获的丰厚财物也是用无数人的命换来的，远不如太平盛世下，人们自给自足、丰衣足食来得更加安心，更加令人喜悦。

战争不是国家发展的唯一方式，也不是向全世界宣布国家强大的唯一途径。战争与和平，如果可以选择，相信绝大多数的人都会选择和平而非战争。毕竟和平年代下，世间万物才更容易生存，更容易成长，世上的人才生活得更加幸福。

戍客望边邑，思归多苦颜

《关山月》李白

盛唐时期，唐朝国力强盛，军力强大，却仍然没能处理好边关的战乱，时有外敌来犯。这样的情况持续了许多年，也就导致许多年轻人不得不忍痛离开父母妻儿，加入军队，去边塞驻守。身为大唐的子民，为国效命也是应该，然而一去就是数年，不能照顾生病在床的父母，不能保护柔弱的妻子，不能照顾稚嫩的孩子，也令边关的将士们感到痛苦和无奈。纵使他们愿意为国效力，也无法因此而放弃渴望与家人团聚的想法。

征战之日十分辛苦，将士们一边忍受着这份艰辛，一边还要忍受着对家人的相思之苦，日子自是十分难熬。他们不仅仅是军人，也是儿子、丈夫、父亲。他们唯一的期盼就是战争早日结束，这样他们就可以早一些回到家中，陪伴在妻儿老小的身边，弥补多年来不曾照料他们的遗憾。

“关山月”是乐府旧题。在《乐府古题要解》中对“关山月”的注释为“伤离别也”。李白的这首《关山月》所写的内容也是离别之事，表达的感情也是离别之伤。

诗的头四句里，李白将边塞的风景描写得十分壮观，有明月、有天山、有云海、有长风、有玉门关。这些都是边塞诗歌中经常出现的事物，并没有什么特别，然而李白用了几个特殊的词将这些景物连在一起，呈现出的画面就有所不同了。一个“出”字写出了征人驻守的位置在天山之西，所以在他们眼中，月亮是从西边的天山升起，穿过天山之上苍茫的云海，浮现在他们眼前。随后，李白用了“几万里”来形容长风浩浩，也表明了征人们在月光下思念着万里之外的故乡，所以才会觉得长风是不远万里从故乡而来。

中间的四句诗里，李白描写了战争持续之久和战士们的命运。说明历代不休的战争中，极少有人出征之后还能够生还。最后的四句诗中，李白又描写出了战士们思念家中妻子，却无法回家探望，只能在夜里叹息的画面。看似漫不经心，实则意境深远。虽然没有明确地谴责战争对征人及其家人们带来的痛苦，却令读者在读这首诗时自然而然地生出渴望战争结束、世界和平的愿望。

关山月

明月出天山，苍茫云海间。
长风几万里，吹度玉门关。
汉下白登道，胡窥青海湾。
由来征战地，不见有人还。
戍客望边邑，思归多苦颜。
高楼当此夜，叹息未应闲。

明月从天山升起，穿过苍茫的云海，行走在天空中。浩荡的长风从几万里之外吹来，一直吹过了将士们驻守的玉门关。

当年汉朝出兵攻打匈奴，曾被困于白登山七天。如今有吐蕃一直觊觎着青海湾。自古以来，只要有将士在这些征战的地方出征，都很少有人能够生还。

驻守边关的将士们望着边城思乡，个个愁容满面。想到家中的妻子应是也在高楼上，因为不知丈夫何时能够归家而哀叹。

战争总是令人生离死别，母子、夫妻、父子间，一旦分离，便死生不得相见。妇人在家中思念着丈夫，思念总是难以停息，丈夫在边关思念着妻子，却只能趁着夜深人静时才可以偷偷地思念。

是人，怎会没有感情！征战之人也有相思之苦，此相思苦不堪言。可征战之人，白日里是没有权利相思的。入了军队，他们便生是朝廷的人，死是朝廷的鬼。周围一片平静时，他们要打起精神，时刻警惕有外敌侵犯；一旦有敌军来犯，他们就要拼死相迎，更不得有一点松懈。只有入夜之后，他们才能稍微空出一点自己的时间，释放满腔的相思。

世人皆言征战苦，其实最苦的莫过于对家人的相思之情。战争一天不结束，征人便一天不得回到家中，与家人团聚。他们想念家中的一切，家里的床总是暖的，暖是因为有挚爱的人在身边；家里的饭菜总是香的，香是因为烹饪的过程中充满了爱。他们已经有太久不曾听过父母叫自己的乳名，也不曾听过孩子叫一声父亲。

出征在外，想到妻子一人打理着家务，他们也会心痛，也会不忍，可不忍也还是要忍。身为朝廷的兵士，他们无能为力，只能盼着战争早日结束，一天又一天地盼着。

何日平胡虏，良人罢远征

《子夜四时歌四首·秋歌》李白

《子夜歌》是六朝时的乐府曲名，相传这是由晋代一名叫子夜的女子所创的乐府体裁，故以其名来命名。《子夜歌》的内容多为哀怨眷恋之情，可分为春、夏、秋、冬四季，其形式多为五言诗。

六朝乐府《清商曲·吴声歌曲》中有《子夜四时歌》，李白的《子夜四时歌》便是由《子夜四时歌》演变而来，又因是吴声曲，所以也称《子夜吴歌》。这是一部组诗，全诗共有四首，分别为《子夜四时歌·春歌》《子夜四时歌·夏歌》《子夜四时歌·秋歌》和《子夜四时歌·冬歌》。其中的《子夜四时歌·秋歌》和《子夜四时歌·冬歌》描写的都是家中女子对边关征夫的思念之情，相比之下，《子夜四时歌·秋歌》所描写的对象更为笼统和概括，将长安城内所有思妇的形象塑造得非常真实贴切。

《子夜四时歌·秋歌》采用了写先景，后写情的手法，先写夜里的长安城中月光皎洁、万户捣衣的情景，然后写思妇们对出征丈夫的思念，最后写思妇们希望丈夫能够早日回到家中的希望。全诗只有六句，却将留守在家中的妻子们思念征夫的情感表现得十分真切。读此诗如同看电影，既有画面，又有声音，还有“画外音”。

“捣衣”是古代的一种民俗，具体方式为先将织好的布帛铺在平滑的砧板上，然后用木棒将布帛敲平。这样做是为了让布帛能够变得柔软熨帖，以便裁制衣服。捣衣这件事通常由女子来进行操作，进行的时间往往是在秋季的夜里。因为秋季正好是赶制征衣的时节，所以文人们也喜欢用“捣衣”来烘托思妇们思念征夫的惆怅情绪。

子夜四时歌·秋歌

长安一片月，万户捣衣声。

秋风吹不尽，总是玉关情。

何日平胡虏，良人罢远征。

长安城内月光皎洁，千家万户都在捣衣。捣衣的声音此起彼伏，秋风只能将它们吹走，却无法吹得尽，就像吹不尽千家万户对驻守边关之人的思念一样。不知什么时候才能够打败侵扰边疆的敌人，让我的丈夫回到家中。

深秋的夜里，明月皎洁，月光如水。如此美丽的景色，满城之中却无一人有心欣赏。所有女子都在借着这皎洁的月光捣衣，捣衣声此起彼伏，奏出了特殊的节奏，像一支思夫的交响曲，曲声惆怅，让这些女子们越听，心里越难过。

能与心爱的人一起赏月是件美事，可城中的男人都去了遥远的边关，女人们自然也就无心欣赏月色。纵然月色再美，在她们看来，也不过是一轮冷冷清清的明月罢了。更何况秋季一到，用不了多久，天气就会变冷。城内尚且只是微凉，边关则会越发寒凉，若是不加紧为征夫们赶制新衣厚衣，征夫们必然更加难熬。

月光下的长安城里，除去捣衣的声音外，一片寂静，却又并不如看上去那般寂静。秋风吹得人心乱，捣衣声扰得人心更乱。满城的女子都在捣衣，双手一刻也不停歇。那手中的布帛，都寄托着捣衣人对征夫的深情。她们一边捣衣，一边思念着远处的丈夫，想他们是否还安好，是否也能看到皎洁的明月，是否也会思念家中的她们。她们的心绪不住地翻腾，夹杂着一些焦虑，夹杂着一些忧伤，夹杂着一些希望。

捣衣人的痛苦，只有她们自己知道。捣衣人的希望，却不只有她们自己知道。她们希望战争结束，和平的日子早一天到来，一家人能够早日团聚。她们的丈夫们也希望如此。所有热爱和平、渴望安定生活的人都希望如此。他们不怕暂时的分别，愿意承受暂时的艰苦和辛劳，只愿社会早日安定，家庭早日圆满。

嫁女与征夫，不如弃路旁

《新婚别》杜甫

一场安史之乱，多少家破人亡。

安史之乱爆发之时，杜甫已是人到中年。亲身经历了唐朝剧烈的动荡，亲眼见到国家从盛世走入岌岌可危的境地，亲眼见到百姓生活在水深火热之中，杜甫心忧不已。天性悲悯的杜甫原本并不支持战争，甚至可以说有些厌恶战争，可是眼看国家陷入危难，他不得不改变自己的主张，转为支持朝廷与叛军开战。

此时的杜甫有些矛盾，他知道，这一次战争是必须要有的，是关乎国家命运的，是有关国家存亡的，只有发动战争，才能击溃叛军，保住国家。他渴望和平，希望能够通过战争早日平息叛乱，让社会归于安定。所以，他号召百姓从军，勉励百姓参战。可同时，杜甫也同情无辜的百姓。邺城一战大败后，朝廷为补兵力强行征兵，家家户户被迫妻离子散，社会上到处是一片狼藉，百姓因此苦不堪言。黑暗的兵役让杜甫感到十分痛心，于是有了“三吏三别”六首诗作。

《新婚别》是“三别”中的第一篇。此诗采用了第一人称的写法，先以新妇的口吻简述了女主人公的生平；之后表达了她对婚姻的重视，对丈夫的深情，以及她对丈夫新婚第二天便要离去的不舍和不忍；最后体现了她的深明大义，即使心中悲痛也要鼓励丈夫参军的伟大情怀。三层感情，层层曲折，层层递进。

在《新婚别》里，杜甫描写的只是一位新妇忍痛送新婚的丈夫上战场的场景。但在当时，这样的场景十分常见。兵役的苛刻使当时很多新婚夫妇都不得不面对、接受这样的现实。虽然杜甫在诗中将新妇描写得十分识大体、明大义，看似是在歌颂新妇不惜舍小家、顾大家的高尚情操，但细读起来，我们仍然能读出其中的无奈和悲苦。新妇的那种既有爱国之心，支持丈夫出征，又渴望战乱早日平定，过上和平安定生活的矛盾的心理与杜甫当时的心理如出一辙。

新婚别

兔丝附蓬麻，引蔓故不长。

嫁女与征夫，不如弃路旁。

结发为妻子，席不暖君床。

暮婚晨告别，无乃太匆忙。

君行虽不远，守边赴河阳。

妾身未分明，何以拜姑嫜。

兔丝需要寄生在低矮的蓬草和大麻上，所以它的藤蔓无法爬得更远。与其把女儿嫁给将要从军的人，倒不如一早就丢弃在路旁。昨晚我们成了婚，我已是你的结发妻子了，却不想你床都没来得及睡暖，今天一早上就要离家，实在太过匆忙。虽然你要去的河阳离家不是很远，可那毕竟是刀剑无眼的战场。我们还没有举行祭拜祖先的大礼，我就算不得是你明媒正娶的妻子。你如今就这样匆匆地走了，让我怎么去拜见公婆呢？

父母养我时，日夜令我藏。

生女有所归，鸡狗亦得将。

君今往死地，沈痛迫中肠。

誓欲随君去，形势反苍黄。

我未出嫁时，父母从来不肯让我抛头露面。可常言道“嫁鸡随鸡，嫁狗随狗”，如今我既嫁给了你，便只盼能与你一起平平安安地生活。你今天只身前往战场，我即使再苦再痛，也只能将这些感情深藏于心。我有心跟着你一起去参军，可军营不接受女眷，而且军情多变，我若去了，可能反而会给你添麻烦。

勿为新婚念，努力事戎行。

妇人在军中，兵气恐不扬。

自嗟贫家女，久致罗襦裳。

罗襦不复施，对君洗红妆。

仰视百鸟飞，大小必双翔。

人事多错迕，与君永相望。

你不要为新婚离家而难过了，去了战场后要努力打仗。我身为女子，若真的跟着你去了军队，恐怕会影响士气。我本是穷人家的女儿，为了嫁给你，才好不容易置办了一套丝绸的嫁衣。如今你一走，我也不再穿它了。脸上的妆我也会洗掉，一心一意等着你回来。天上那么多鸟儿，无论大小，都是成双成对地飞翔。可人生在世本就多有不如意，虽然我与你相隔两地，但我们的心可以相互牵挂，永不相忘。

古时，穷人家养女，最大的期盼便是女儿能嫁给可靠的男子，得一个好归宿，过平安的日子。只是一遇到战乱，这样简单朴实的希望便成了奢求。

都说出嫁从夫，夫唱妇随。可这夫一旦成了征夫，妇也就无法从，无处随了。唯一的依靠离开了家，去了军营，上了战场，这些妇人便只得整日在家中等待丈夫的归来，整日担忧丈夫的安危。哪怕是新妇，也避免不了这样的命运。

战争无情，有去无回的人太多了，每一位前往战场的男人都可能成为其中一个。刚刚嫁人，便要与丈夫分离，心里不苦是不可能的。无论多么识大体、明大义的女人，都不能对丈夫可能一去不回的事实无动于衷。她们嫁人本是为了寻一份依靠，如今却不得不忍痛割爱，明知可能会失去唯一的依靠，还是要放手。因为她们知道，朝廷不会体恤她们的心情，就算自己不放手，该来的还是要来，该走的还是要走。

所有不幸，所有的无可奈何都是因为战事未平。她们懂，所以面对被迫的离别时没有挣扎，顺从地放手。她们只愿良人早日归来，毕竟只有“我”在的地方是居所；有“你”在，也有“我”在的地方才是家。

人生无家别，何以为烝黎

《无家别》杜甫

安史之乱爆发后，为扩充兵力，平息战乱，朝廷向民间强制征兵，手段强硬，态度恶劣，漫无限制，毫无章法，所有适龄男子都难逃此劫，进而导致农村缺少劳力。再也看不见昔日农民们在田间地头热火朝天忙碌的场面，田地渐渐凋敝荒芜，农民们的生活越发窘迫。

一些离乡许久的人回到故乡，竟然一时没能认出这就是自己日夜思念的家园。战争令田地荒芜，长满了蒿藜，淹没了原来的田间小路。放眼望去，满目萧条，一切都是那样的陌生，连回家的路都找不到。当他们好不容易找到以前居住的村庄时，却发现一切都已不同，热闹的村庄变得冷冷清清，人烟稀少。杜甫的《无家别》便是写于这样的社会背景下，诗中所描写的是一位男子在唐朝军队大败于邺城之后本想回家，却发现无家可归，之后再度被征入伍的情形。

《无家别》一诗可分为三个部分，第一部分写男子回到家乡所见，第二部分写男子怀着希望想要在家乡重新开始生活，第三部分写男子再次被征兵役。

诗中的主人公身在军营时，一直眷恋着故乡，于是在邺城之战结束后，他马上回到家乡，想要继续过简单平实的生活。谁知当他回家后，却发现家园已毁，田园不在。他的心中充满了悲哀和孤独，却仍然怀着好好生活下去的希望，于是披星戴月地辛勤劳动，可新的家园还没有建起来，征兵的人又来了，再次将他带离了他热爱的土地。与上一次不同的是，上次离家时，尚且有人为他送行，有家可别；这次离家，不但没有人为他送行，连可以告别的家都没有了。

在这首诗中，杜甫没有直接写农民的悲惨遭遇，也没有直言批判统治者的残暴腐朽，而是采用了情景交融的写法，借景感怀，借物抒情，借事明理，让读者读后深有感触，倍感沉痛。

无家别

寂寞天宝后，园庐但蒿藜。
我里百馀家，世乱各东西。
存者无消息，死者为尘泥。
贱子因阵败，归来寻旧蹊。
人行见空巷，日瘦气惨凄。
但对狐与狸，竖毛怒我啼。
四邻何所有，一二老寡妻。

天宝以后，村庄里一片荒凉，田园之中只有蒿草和蒺藜在生长。我们村庄的百余户人家在乱世中各自逃难去了，如今都不知道在哪里。活着的人没有传来消息，死去的人可能已经化作了尘土和泥。

我因为邺城兵败所以回来，沿着旧路回到了家。一路上我走了很久，看见的都是空荡荡的巷子和萧条的村庄，就连太阳看上去都没什么光彩，还有野兽竖着毛对着我怒号啼叫。曾经的邻居几乎都走光了，只有一两个老寡妇还住在这里。

宿鸟恋本枝，安辞且穷栖。
方春独荷锄，日暮还灌畦。

宿鸟总是对出生的枝头有所留恋，我也同样依恋着我的家乡。此时正是春天，我索性扛起锄头，走到田间，不辞辛苦，日夜劳作，锄地浇田，想要重建自己的家园。

县吏知我至，召令习鼓鞞。
虽从本州役，内顾无所携。
近行止一身，远去终转迷。
家乡既荡尽，远近理亦齐。
永痛长病母，五年委沟溪。
生我不得力，终身两酸嘶。
人生无家别，何以为烝黎。

县吏得知我回乡的消息后立刻前来，让我去军中练习骑鼓。虽然要前往本州服役，可是我家里并没有可以收拾的行李，也没有可以告别的人。我还算幸运，要去的地方离家并不远。如果去远方，前途会更加迷茫。

既然家乡已经一片空荡，不剩下什么了，去的地方或远或近也没什么分别。最让我痛心的是我长年生病在家的母亲已经去世了五年，还是没有得到妥善的安葬。她生了我，我却没机会服侍她终老，母子二人一生都心怀怨恨。人活在世却无家可别，这让我们这些百姓怎么活下去呢？

家是世上最温暖的地方，故乡的风景是世上最美的风景。每个人背井离乡时，总是难忘故乡美，难舍故乡情。离家在外时，也无时无刻不在思乡。最渴望的，是家中柔和的灯光、家常的饭菜、亲切的问候、熟悉的笑脸；最怕的，是想要回家时已无家可归，亲人已逝，田园已荒，屋子里只剩下冰冷的床，院子里只有杂草在疯长。

每一场战争都不知摧毁了多少家园，破碎了多少人与家人团聚的梦，浇灭了多少人生活的希望。那些因战争失去了家和家人的人，只能抱着美好的记忆，默默地孤独终老。时间久了，他们的眼泪即使已经流干，眼中也仍然浑浊；心中的伤口即使不再滴血，却永远无法愈合。

何乡为乐土，安敢尚盘桓

《垂老别》杜甫

人到暮年，本应颐养天年，享受儿孙绕膝的乐趣，可是一场安史之乱打乱了他们的人生，剥夺了他们安享晚年的权利。邺城兵败之后，唐朝的统治者为了防止叛军重新向西进扰，不但征走了洛阳一带的青年和少年，就连已是暮年的老翁都不肯放过。杜甫的《垂老别》所讲述的就是一位老翁在朝廷的命令下告别老妻，被迫从军的悲苦。

《垂老别》是一首叙事短诗，采用的是通过刻画人物心理的方式来表现人物的复杂心理状态。在诗中，杜甫同样采用了第一人称视角，以一位出征老翁的身份对“自己”的处境发出哀叹。因为子孙都已战死，导致老翁对生活失去了希望和寄托，然而他又是一位有爱国情怀的老人，所以不愿苟活于世，决定前往战场，与其他兵士们一起杀敌。杜甫通过自述的方式将这种复杂的心理状态描写得十分生动，让整首诗结构层次分明，情感跌宕起伏。

垂老别

四郊未宁静，垂老不得安。

子孙阵亡尽，焉用身独完。

投杖出门去，同行为辛酸。

幸有牙齿存，所悲骨髓干。

男儿既介胄，长揖别上官。

战乱还没有平息，扰得四郊不平静，让我这样的老人也无法得到安宁。

我的子孙们全都已经死在战场上，我这样一条老命，又何必在兵荒马乱之中苟全？我扔掉拐杖出门，打算去战场上拼搏一番，同行的人看见我，都不由得为我感到心酸。所幸的是，我的牙齿还是完好的。可悲的是，我的身体已变得骨瘦如柴。身为男子，既然决定穿上盔甲参加战斗，也就只能长揖，与长官告别。

老妻卧路啼，岁暮衣裳单。

孰知是死别，且复伤其寒。

此去必不归，还闻劝加餐。

我的妻子卧倒在路边啼哭着，担心这样的寒冬腊月里，她的衣服太单薄，挡不住严寒。明知道这一别会是永别，以后再也没有机会相见，一想到她会被饥寒所困，心里就越发感到不安。我已踏上了不归路，还隐约听见她嘱咐我，一定要吃饱饭。

土门壁甚坚，杏园度亦难。

势异邺城下，纵死时犹宽。

人生有离合，岂择衰老端。

忆昔少壮日，迟回竟长叹。

土门关的高垒十分坚固，杏园镇的位置叫敌人难以偷渡。如今的形势已经和当年邺城一战时不同，即使会死，时间上也能得到宽限。人生在世总避不开分分合合，才不会管你是不是饥寒交迫，是不是老弱病残。想一想年少力壮时的太平盛世，竟让我不由得长吁短叹。

万国尽征戍，烽火被冈峦。

积尸草木腥，流血川原丹。

何乡为乐土，安敢尚盘桓。

弃绝蓬室居，塌然摧肺肝。

国家之大，到处都在征兵，战争的烽火覆盖了座座山冈。尸骨遍野，将草木都染上了血腥味，到处血流成河。哪里还有乐土可以安居，哪里还敢犹豫不决，不去奋勇杀敌？毅然抛家弃室去参加战斗，哪怕离家之痛摧肺伤肝。

战火横烧之时，已是风烛残年的老人，也要强撑着瘦弱的身体，抛下老妻，离开陋室，拿起武器，穿上盔甲，奔赴战场，冲到前线。这是怎样一幅令人辛酸的画面。

老妇人老泪纵横地与丈夫话别，心情已经沉重得无法用语言来形容。她已经失去了孩子，现在又要失去丈夫，再没有人能够陪伴她过余下的日子，只能孤独终老。想到这些，她越发地悲伤了，可是哭得太久，眼泪已经流干，只剩下满脸的泪痕。

谁不渴望过上安定的日子，谁不渴望天下再也没有战乱。战争与和平，若是让人们选择，一定是选择和平的居多。每一波战乱的爆发都会导致一波又一波的百姓受难，没有人心甘情愿地把自己的性命挂在刀尖上，他们参加战争，只是想要争取一次，无论成功与否，至少他们试过，努力过。

战争的结束仍然遥遥无期，出征之人与家人的再见很容易就成了永别。离别前，老人故作轻松地告诉妻子，边关的生活未必真的那么艰苦，战争也未必有想象得那么残酷，情况已经好转许多，以后还会慢慢好起来。妻子明知他是在自欺欺人，心有不忍，却也只能假装相信。两人一边勉强自己去接受这样的无奈，接受和对方的永别，一边不停地嘱咐对方，多穿件衣服，多吃点饭。

第九章　有志难酬，悲怀才不遇

孤舟蓑笠翁，独钓寒江雪

《江雪》柳宗元

柳宗元，字子厚，唐代文学家、哲学家、散文家和思想家，因出生于河东一带，故后人也称其为“柳河东”“河东先生”。

柳宗元名列唐宋八大家之一，最为擅长的是写文。相比于其他同期诗人，他的诗作较少，仅140余首。但是他通过对前人艺术经验的借鉴，以及在诗中融入了自己独特的生活经历和思想感受的方式，令其诗作呈现出一种独特的艺术风格，虽少却精，很多诗作都成为了经久不衰的经典之作，为世人广泛传诵。

幼年的柳宗元久居长安，在他9岁那年，建中之乱的爆发让他亲身体会到社会的动荡。随后，藩镇割据的战火愈烧愈烈，柳宗元不得不前往父亲的任所夏口躲避战乱。他的父亲积极用世、刚正不阿，对他的性格和处世态度都产生了巨大的影响。

21岁时，柳宗元进士及第，名声大振。之后，他步入官场，接触到更多官场中人，同时也更加看清了政治的黑暗腐败，于是心生改革之念。唐顺宗在位时，柳宗元跟随王叔文等人推行“永贞革新”，想要重振朝纲。不幸的是，改革最后失败了，柳宗元也因此被贬为永州司马。

通常情况下，被贬官员只会被降低官阶、削减俸禄、削弱权力，人身自由并不会受到限制。然而柳宗元在被贬期间，却过着被管制、软禁的生活，算得上是一种变相的“拘囚”。幸而柳宗元继承了其父积极用世的生活态度，并没有因此一蹶不振，消极度日，而是创作了大量饱含人生价值和理想志趣的诗作。如今我们能够读到的柳宗元的诗大多都创作于这一时期，所以在这些诗中，我们既能读到有志难酬的情感，也能读到他不屈不挠的生活态度。

在柳宗元以诗抒情、以诗明志的作品中，《江雪》称得上是一首代表作。

这是一首五言绝句，全诗短小精辟，通过对景物和人物的描写来表达了“我本将心向明月，奈何明月照沟渠”的孤寂和无奈，以及不屈于黑暗势力的精神。

江　雪

千山鸟飞绝，万径人踪灭。

孤舟蓑笠翁，独钓寒江雪。

所有的山中都看不到飞鸟的踪影，所有的路上都不见行人的足迹。一位身披蓑衣和斗笠的老翁独自一人坐在小船上，孤零零地在寒冷的江上垂钓。

雪后的世界是白色的。到处白茫茫一片，看不清远方的风景，也看不清脚下的道路。上山的路也好，下山的路也罢，都被厚厚的白雪覆盖，变得格外难走。在这种天气里，大多数人选择躲在家中，非必要不出门。只有一个人是例外的，那是一位老翁，他独坐小船，江中垂钓，远远望去，如同一座雕像一般。

没有人知道他为何在那里，也没有人知道他在那里坐了多久。小小的船稳稳地停在尚未冻结的江水中，仿佛与江水融为了一体。安静的人在船里稳稳地坐着，看到他的时候，只感觉天地都为之安静了。

当一个人为了理想而坚持时，总会让人肃然起敬。哪怕并不理解他的理想，也并不理解他为什么要坚持，也会对他那份锲而不舍的精神感到钦佩。特别是看到环境艰难，而那人却依然如故的时候，心中的感动就会尤其强烈。或许，这是因为很多人心中都有理想，但很少有人能够不改初心、坚持下来的缘故吧。

无人理解也好，遭人白眼也罢，都不能阻止一个人坚持理想和信念的决心，这便是最叫人感动和佩服的。当整个世界都陷入茫然时，坚持下去未必能够改变整个世界，却有可能影响一群怀揣着梦想又犹豫不决的人。更重要的是，那份心安是自己的，与他人无关。

坚持着自己的理想，生活再艰难，内心也自然充实，依然踏实。自己渴望的人生也就永远不会崩塌。

来往不逢人，长歌楚天碧

《溪居》柳宗元

柳宗元一生仕途多舛，因参与了“永贞革新”而被贬至永州后，他的生活发生了巨大的变化。

永州在当时有“南荒”之称，生活在此地，柳宗元的心中有悲愤，有孤寂，有哀伤，但他没有因此消极处世。在零陵西南游览时，他被冉溪四周的秀丽风景所吸引，于是将居所安在了此处，并给此处起了一个新的名字——“愚溪”。他的《溪居》一诗所描述的便是他在此处生活时的情形。

秀美的草木，清澈的溪水，幽静的山林，这里的一切都是那样的美好、安静，让柳宗元心中略感舒坦，可那些悲愤和郁闷的情绪始终压在他的心头，让他的心情难以真正舒畅起来。他并非不喜欢自然风光，不喜欢田园生活，恰恰相反，他和很多诗人一样喜欢这些，也渴望这些。只不过他所期望的是在理想实现、社会改变之后，安然归老的田园生活；而不是明明应该在朝中施展才能，有所作为，却无奈英雄无用武之地，被迫放弃理想和热情，勉强接受的田园生活。

从礼部员外郎到区区永州司马，柳宗元的心中十分悲愤。他并非贪恋官职和荣华富贵，而是因无法再参与朝中大事而悲，因朝中黑暗令他不得志而愤。可是他没有明确地将这种情绪在这首诗中表露，而是采用了正话反说的方式。诗的前两句里，柳宗元称他能够远离朝堂，过上自得其乐的田园生活是一件“幸”事，然而只要细品，便会发现这是一句反话。看似在写自己对被贬之后的田园生活很享受，实则在抒发自己对朝廷的强烈不满。

之后的四句采用的也是同样的方式，表面上看是他过得非常自在舒适，非常喜欢这样的田园生活，其实是在表达他的才能无处施展，不得不强作欢愉，假装对现有的生活感到欣喜的无奈。若是真心喜欢这样的生活，便不会只是“偶”像真正住在山林中的人了。

最后两句写出了诗人的孤独，那既是一种空间上的孤独，也是一种精神上的孤独。说明诗人希望有人能够理解他，朝廷能够支持他的主张，以便他实现自己的抱负。现实却是只能一个人在这样偏僻的地方自我安慰地生活下去。

通常我们读描写田园生活的诗，读完之后往往会对这样的生活产生向往，即使是贫苦的生活，也能读出些苦中作乐的味道来。而柳宗元的这首诗意味深长，令人读过之后满是惆怅。

溪　居

久为簪组累，幸此南夷谪。

闲依农圃邻，偶似山林客。

晓耕翻露草，夜榜响溪石。

来往不逢人，长歌楚天碧。

做官太久，总是被官职所束缚，无法自由自在地生活。幸而现在被贬来到南夷，有机会过一下山村生活，落得个轻松自在。闲来无事时，我可以和农田菜圃种菜的农民相伴，偶尔也像是一个在山中隐居的人。

清晨起来，前往田间除杂草，那杂草上还带着晶莹的露水。夜晚乘上小船，沿着溪石缓缓地前进。每一天都是独来独往，不会遇到那些庸俗的人。我的心情如此舒畅，于是仰望天空，向着那碧蓝的天空唱起了歌。

志向远大的人，他们不怕过程有多么漫长辛苦，不怕每一次跌倒有多么疼痛，只怕看不到希望，无论怎么努力，都拨不开前方的阴云，冲不出前方的迷雾。拼尽全力也是无济于事，挣扎得头破血流也是无济于事。

理想是美好的，现实是残酷的。人生在世，总会遇到各种各样的阻碍，让想要实现的抱负无法实现。有人才情满怀，只因难遇伯乐，于是心生郁结，故作洒脱。写诗作画，挥毫泼墨，下笔却皆是无奈。举杯畅饮，对酒当歌，唱出的却也皆是无奈。

谁看青简一编书，不遣花虫粉空蠹

《秋来》李贺

一个人的诗作风格与他的个人处境以及生活环境不无关系。后人评价唐朝诗人李贺时，称其擅长写“鬼诗”，所作的诗风格诡谲凄异，意境较为阴森。而若是我们对其生活的经历和当时的社会环境多一些了解，就会发现李贺会形成这种诗风并非事出无因。

从中唐到晚唐，朝廷日渐衰败，世道越来越乱，宦官越来越嚣张，百姓受到的剥削越来越重，生活越来越艰难。试想，生于这样的环境中，又如何能写出气氛轻松、风格明媚的诗篇来呢？对生不逢时的苦闷、对宦官专权的愤慨、对朝廷腐败的悲痛，都是影响李贺诗作风格的原因。

在李贺的作品中，《秋来》是一首寄情于物的抒情诗，也是一首著名的“鬼”诗。此诗中引用了大量诸如桐风、衰灯、寒素、冷香、秋坟、恨血等充满凄凉感的事物，以此来衬托诗人内心的悲凉和痛苦。从表面看，诗人想要表达的是一种悲秋之情，往深了体会，又能读出诗人那种因命运不济、报国无门而产生的满心悲凉和无奈。

“鬼诗”的特点是给人以阴森凄凉的感觉，李贺在诗的开篇便通过桐风和衰灯渲染出了这样的氛围。秋夜里，室外风声萧瑟，室内油灯昏暗，这样的氛围本就容易让人感到悲伤和苦闷，而诗人又在首句中用了一个“惊”字，表达了他对自己一年又过却仍一事无成的惊愕。

才华出众的人，往往会因被世人仰慕而被求阅其文章。李贺自认也是文采出众之人，可他所作的诗集却无人理会，书简一直放在那里，怕是要放到生蛀虫也没有人翻阅。对于他来说，这无疑又是一个打击。如此怀才不遇，怎会不感悲凉。

李贺对这世道有恨，他恨自己一生怀才不遇、无法有所作为，也恨这世道对有才华的人太不公平。他对所处的世界失望透顶，认为既然在人间遇不到懂他之人、赏他之人，不如向已故的人中寻觅。于是他寄情于冷雨，往冷雨之中寻找古代诗人的“香魂”。

诗的最后，诗人仿佛觉得这样还不够，便又加上了“秋坟”这一景象，再度将凄凉的氛围渲染了一遍。他相信千年之后，自己的“恨血”也会化成“碧玉”，终得展露于世，得到世人的赏识。

秋　来

桐风惊心壮士苦，衰灯络纬啼寒素。
谁看青简一编书，不遣花虫粉空蠹。
思牵今夜肠应直，雨冷香魂吊书客。
秋坟鬼唱鲍家诗，恨血千年土中碧。

秋风吹过梧桐，惊扰了我的心。我在辛苦地编著着诗集，就好像纺织娘在秋季用声声哀啼催着快织寒衣。不知日后是否有人会来读我编著的诗集，以免它被虫子蛀蚀。这些念头一直让我牵肠挂肚，愁得肚肠快要被扯直。冷雨之中，仿佛有前代诗人的魂魄前来慰问我。秋坟中的鬼魂们一起唱诵着鲍照的《行路难》，抒发着怀才不遇之情。他们含恨的鲜血在土中埋藏了千年，生出了碧玉。

世间千里马常有，而伯乐不常有。没有遇到伯乐的千里马一生悲惨，或被当作普通的马驱使，整日做着苦力，最后疲累而死；或被圈养在栏中，供人游玩乘坐，致死都不曾畅快地奔跑；或落入不识其能且处境艰难者之手，食其肉，弃其骨。无论哪一种结局，都是悲惨至极的。

怀才不遇的人也如被埋没在世间的千里马一般，只有遇到了伯乐，他们才能有机会大展才能，功成名就，吐气扬眉；反之，便只得一生庸碌，含恨而终。

艳色天下重，西施宁久微

《西施咏》王维

唐朝诗人王维以山水田园诗和边塞军旅诗著名。很少有人知道他也曾创作过揭露时弊、讽刺世态炎凉、感慨不平境遇的诗,《西施咏》就是这样一首。

西施被后人誉为“中国古代四大美女”之首。她本是春秋时期越国一名普通的浣纱女，因其美貌惊人而得到越王勾践的重视，被越王召入宫中，精心调教，又被越王送给了吴王夫差，目的是令吴王沉湎于女色，进而刺探吴国军情。本就喜好美色的吴王见到西施后大喜，对她宠爱有加。而西施则凭借自己的美貌开始恃宠而骄，对吴王进行操纵，不但让吴王沉湎于享乐，还挑拨吴王与大臣的关系，动摇吴国的朝政，最终导致了吴国的灭亡。

王维的《西施咏》表面上看是在讲述西施从平民女子到宫廷宠妃的历史故事，实则是在讽刺当时社会上出人头地全凭际遇的不良风气，感慨人们有才有能也未必能出人头地，以及嘲讽那些因际遇而得势的小人。

诗的前四句指出，西施能够在短时间内身价倍涨，主要因为当时的社会风气不佳，好德者少，重色者多。好德者少，于是德才兼备者难以得到重用；重色者多，于是美貌的女子才有机会得势。有美色的人之所以身份“贵重”，并不是因为他们本身真的“贵重”，而是因为重色之人手握重权。进而引申出一个道理：手握重权的人重视何种人，何种人就会变得“贵重”。同时，他也是在提醒那些身份“贵重”的人，他们如今的高官厚禄并不是因为他们真有才能。

在王维看来，那些得宠后便认为自己身份高贵，对他人颐指气使的人并不是因为才能而得到高升的，所以他们并不值得人们尊重。所以他借讽问西施来讽问那些“君宠益娇态，君怜无是非”的人，以此表达他对这类人的憎恶，并在诗的最后用“持谢邻家子，效颦安可希”来评价那类人完全不值得人们效仿。

关于《西施咏》的创作时间，一种说法是在王维少年时期，另一种说法是在唐天宝年间。根据历史情况分析，王维虽然生活于盛唐时期，然而盛唐并不意味着一切都如表面上看起来那样光鲜亮丽。当时的社会中，仍然存在着朝中奸邪小人得志，才俊之士无人赏识的状况。很多读书人十年寒窗苦，读书破万卷，满腹文墨气，却终究不及那些终日享乐、飞扬跋扈、胸无半点墨的纨绔子弟飞黄腾达。所以说此诗作于唐天宝年间也并非不可能。

西施咏

艳色天下重，西施宁久微。
朝为越溪女，暮作吴宫妃。
贱日岂殊众，贵来方悟稀。
邀人傅脂粉，不自著罗衣。
君宠益娇态，君怜无是非。
当时浣纱伴，莫得同车归。
持谢邻家子，效颦安可希。

当天下都看重艳丽的姿色时，西施这般美丽的女子怎么可能一直身份低微？早上还不过只是越溪的一名浣纱女，到了晚上，却已成为了吴王宫里最受宠的爱妃。她贫贱时，没人觉得她与其他人有什么不同。直到她身份变得高贵之后，人们才突然发现原来她的美貌天下少有。每天都有许多宫女为她搽脂敷粉，连身上的罗衣也有人替她穿上。

君王越发宠幸她，她看起来就越发的娇媚。君王对她怜爱有加，以至于从不计较她做得是错是对。昔日与她一起在溪边浣纱的那些女子，再不能与她乘坐同一辆车来回。那东施只知道盲目地效仿她皱眉的模样，又怎么可能像她一样获得宠爱？

有时，才情出众的人得不到赏识和器重，并不是这个人的问题，而是他所在的环境的问题，也是当权者的问题。小到一座城，大到一个国，当权者贪财，世间便尽是一心敛财的人；当权者好色，世间便尽是莺莺燕燕、以色侍人的场所；当权者好赌，世间便会赌场丛生。

只有当权者爱才惜才，求贤若渴，世间才会人人以读书为重，以修养德行为本。世间有才有能之人，才不会心怀天下之志，却恨生不逢时。

念天地之悠悠，独怆然而涕下

《登幽州台歌》陈子昂

陈子昂，字伯玉，唐代诗人。他幼时聪颖过人，却并不喜好读书，而是喜欢行侠仗义。这样的日子一过就是十七八年，直到一次他因击剑伤人，才放弃了行侠仗义之事，并与过去的朋友们断了来往。

唐调露元年（679年），陈子昂入长安进修，并参与了第二年的科举考试，不幸落榜。落榜后，他回到故乡继续专心研学，不出几年的时间便学涉百家，其学问可与其父相提并论。三年后，满腹才情的陈子昂再次入京应试，却仍然落榜。直到唐文明元年（684年），他终于考取进士及第，走上仕途。

因为性子太过耿直，对朝中弊病直言敢谏，从不避讳，陈子昂的为官之路走得极为坎坷。当权者对他十分不满，权贵们也对他十分怨恨。陈子昂在朝中长期被其他官员所排斥，又因得罪当权者而遭降职。三十八岁那年，他愤恨辞职，回到了故乡。

作为一名诗人，陈子昂曾参与了初唐的诗文革新运动。他十分支持“初唐四杰”关于破除六朝时期艳俗孱弱诗风，改为以反映现实生活为主的诗词风格的主张，并创作了许多内容充实、简洁刚强的诗歌。陈子昂不但将“初唐四杰”所追求的充实、刚健的诗风发展了起来，而且还发展得十分完善，将齐梁诗歌中绮靡纤弱的习气清除得十分彻底。宋朝刘克庄在《后村诗话》中评价他“首倡高雅冲淡之音，一扫六代之纤弱，趋于黄初、建安矣。”

在陈子昂所有诗作中，最著名的一首当属《登幽州台歌》。这是一首乐府诗，采用的是楚辞体的手法，极具艺术感染力。诗人通过写登台怀古来感慨自己的生不逢时、怀才不遇。

《登幽州台歌》写于696年。那一年，契丹李尽忠、孙万荣等出兵打下了营州。武则天得知此事后，便派武攸宜率军前去征讨。然而武攸宜为人轻率，有勇无谋。次年，武攸宜兵败，陈子昂身为随战参谋屡次进言，武攸宜都未采纳，并且将陈子昂降级。

陈子昂是一个有远见、有理想和抱负的人，在政治方面也有较高的天赋。他本想以己之力协助君王，却发现身在武家，身为武攸宜的幕府，他的才能无法得到施展，他的抱负也无法实现。在这里，他虽是英雄，却始终无用武之地，如此落差让他既苦闷，又无奈。于是，他登上了蓟北楼，写下《登幽州台歌》等诗，以此表达他无法实现政治抱负的无奈，和因直言敢谏而饱受打击的苦闷心情。

登幽州台歌

前不见古人，后不见来者。

念天地之悠悠，独怆然而涕下。

向前看，看不见过去那些礼贤下士的明君；向后望，看不见当今能够重视人才的明主。每想到天地悠悠，无穷无尽，我心中就倍感凄凉和孤独，不由得落下泪来。

自古贤臣都渴望当权者是位明君。明君在位，贤臣的“贤”才有意义。

站在高台之上，想要见一见明君，得一次为国效力的机会，可过去的明君早已作古，纵使羡慕也是无用；未来的明君尚未出现，望眼欲穿也是徒劳。这样的情形下，除了感叹自己生不逢时，还能做什么呢？

天地是长久的，而人的生命不长久。茫茫宇宙中，每个人都像流星，在天空中匆匆而过，然后就消失在人们的视野里。划出的那道长痕也只会在空中短暂地停留，然后消失不见。生命如此短暂，哪有那么多的时间去等待一位明君的出现呢？哪怕虔诚地祈祷自己所处这个时代的君王不再昏庸，不再盲目，也是无用的。

现实世界里，失去父母、亲人会让人感到孤苦无依；精神世界里，没有一位慧眼识人、礼贤下士的明君，同样会让人感到孤苦无依。有人说，贤臣无用是一个朝代最大的悲哀。确实如此。在那些没有明君的朝代，怕是没有多少人能够理解贤臣们的无奈，那种明明志向满怀、才情满腹，却仍然一生无用的无奈。

志士幽人莫怨嗟，古来材大难为用

《古柏行》杜甫

杜甫年轻时也曾胸怀大志，想要“致君尧舜上，再使风俗淳”。然而事与愿违，他的一生都不曾有机会在官场中施展他的才学，实现他的抱负，这令他感到生不逢时，十分苦闷。

杜甫有一首《古柏行》，表达的就是他对自己怀才不遇的感叹。这首诗作于唐大历元年（766年），当时杜甫已弃官多年，但每逢想起自己有心效忠朝廷却始终难酬其志的现实，他还是会感到悲愤万分。

安史之乱爆发后，杜甫携家人四处逃难，夔州便是他与家人逃难途中的暂住地之一。夔州的武侯庙是纪念诸葛亮的庙，因诸葛亮生前曾被封为武乡侯，死后又被刘禅追谥为“忠武侯”而得名。某日，杜甫看着武侯庙前的古柏，想到当年诸葛亮因得到刘备的赏识和重用，从而得以施展才华，辅助刘备成就大业，不由得心中感慨万千。

杜甫想到刘备为请诸葛亮出山，不惜放低身段，三顾茅庐；想到诸葛亮一生为刘备鞠躬尽瘁，死而后已。再看庙前的古柏，树干笔直，枝叶繁茂，日日矗立在祠堂外，朴实无华，从不以夸张的花叶博取世人的注目，却仍然能够展露出它的英采。

杜甫羡慕刘备和诸葛亮虽是君臣，却能相知、相惜、相济，同时感叹自己与诸葛亮一样生有报效朝廷之愿，却无知己、信己之君，以至于自己满腹才学无处施展，难以为朝廷尽忠尽力。他欣赏古柏的坚毅品格，能够久经风霜，哪怕被蝼蚁所伤，仍然坚持着自己的信念，有心陈力于庙堂。想过古人，看过古树，再回头看看自己，杜甫发出了“古来材大难为用”的浩叹。

《古柏行》从表面上看是一首咏物诗，其实诗中运用了许多精当的比喻和双关语，需要细品之后才会发现其中寓意。

古柏行

孔明庙前有老柏，柯如青铜根如石。

霜皮溜雨四十围，黛色参天二千尺。

诸葛亮的庙前有一株古老的柏树，它的枝干呈现出青铜色，它的根坚固得如同磐石。它的树皮洁白而光滑，树干粗得要四十人才能将它合抱。它的树冠是青黑色的，笔直地朝天耸立着，应是足有二千尺那么高。

君臣已与时际会，树木犹为人爱惜。

云来气接巫峡长，月出寒通雪山白。

刘备和诸葛亮共同创下的功德打动着人们，于是人们不忍将这树砍伐。柏树高耸入云，能够与巫峡飘来的雾气相接。月出之后，这柏树又能与从天而降的寒光相接，直通到岷山。

忆昨路绕锦亭东，先主武侯同閟宫。

崔嵬枝干郊原古，窈窕丹青户牖空。

前一年我在成都锦江边的草堂居住时，有条小路环绕在堂内亭子的东侧。刘备的先生庙和与诸葛亮的武侯祠在一个祠庙里。柏树的枝干让有石的土山显得更加有古致，彩绘的门窗空空荡荡。

落落盘踞虽得地，冥冥孤高多烈风。

扶持自是神明力，正直原因造化功。

古柏虽然有人爱惜，可是树大招风，加之生长于高地，难免被烈风所摧。它能不畏烈风的摧袭，神明的眷顾是其中一个原因，但真正的原因还是他生就正直伟岸。

大厦如倾要梁栋，万牛回首丘山重。
不露文章世已惊，未辞翦伐谁能送？

大厦如果会倾倒，定会有梁栋支撑着它。古柏重如丘山，就算有一万头牛也难以将它拉得动。它没有花叶之美，却已令世人惊叹。若是它不畏生死，愿被砍下做栋梁，又有什么人肯将它送去呢？

苦心岂免容蝼蚁，香叶终经宿鸾凤。
志士幽人莫怨嗟，古来材大难为用。

柏心味苦，却仍难免被蝼蚁侵蚀。柏叶味香，曾经招来鸾凤在枝头住宿。天下的有志之士请不要怨叹不得重用，毕竟自古以来便一向如此，大材总是难以得到重用。

良禽择木而栖，良臣择君而辅。世间若无明君，良臣便是无用。

明理太多，将世界看得太透的人，难免会厌倦虚伪，过于执着辨别黑白。他们坚持要走正道，守着原则不放，自然就会伤害一些人的利益，成为一些人眼中的“沙子”。而恰巧这些人又是当权的人，他们的路便注定了一生难走。

古时，多少贤才因遇不到明君而郁郁寡欢，愁白了头。他们读了一辈子的书，明了一辈子的事理，到头却发现读的书全都无处可用，明的理全都无处可讲，心中自然是要抑郁的。可若要让他们因此而放弃心中的坚持，他们也是不肯。相比之下，他们宁可选择一生不得志，也不愿放弃心中的信念和抱负，因为这才是他们活下去的意义所在。

第十章　寻道问佛，弃功名利禄

无人知所去，愁倚两三松

《访戴天山道士不遇》 李白

在封建社会，敬信神佛之人众多，上到天子，下到百姓，几乎人人遇到事情都会向神佛祈求庇佑。同时，世上还出现了众多喜欢寻仙问道，以求长生不老的人，这其中也不乏一些高高在上的皇帝。

到了唐朝，开国皇帝李渊极为信奉道教，他对隋朝遗留下来那种到处尊崇佛教，压抑道教的现象感到十分不满，便在全国各地修建了老子庙，并且抽空亲自前往祭拜。为了稳定国家基础和民心，他还颁布了政令，要求全民信奉道教。之后，他的儿子李世民也和他一样多次告诉民众，只有道教才是本土的宗教，道教要排在佛教的前面，道士的地位要高于僧人。

受到社会的影响，唐朝的诗坛中出现了许多描写神仙、修道、游仙之类的作品。唐朝的文人中也出现了一些崇尚道教或修仙问道之人，李白正是其中一位，他与陈子昂、卢藏用、宋之问、王适、毕构、孟浩然、王维、贺知章、道士司马承祯一起被称为“仙宗十友”。

李白年少时就曾多与道士、隐者等人来往。十八九岁时，李白曾隐居在戴天山的大明寺中读书。在此期间，他也常去当地的道观与道士一起谈论道经。《访戴天山道士不遇》就是创作于这一时期的一首五律诗，所描写的是李白上戴天山寻访道士时的所见所闻。全诗共有八句，前六句写景，后两句抒情，所有的见闻为的都是为了突出最后的“不遇”，以及诗人怅然若失的情怀。

在《访戴天山道士不遇》一诗中，李白着重将笔墨放在描绘戴天山风景上。在诗开篇便写出了道士隐居之所是一个世外桃源，环境优美、远离尘世，初入其中便觉得心情舒畅。

随后，他又对途中的见闻进行了详细的描写，通过列举一些代表性的事物，既向人们展现了戴天山的秀丽自然风景，也向人们暗示了一方水土影响一方人的境界。野鹿、钟声、野竹、飞泉等事物对于长年隐居在山中的人并非罕见，可对于偶尔来到这里的人来说，却是别有一番感受。这些事物共同营造出了一片清净、脱俗、舒心之所，令人流连忘返。置身其中，更加有益于清心、静修、悟禅。

访戴天山道士不遇

犬吠水声中，桃花带雨浓。
树深时见鹿，溪午不闻钟。
野竹分青霭，飞泉挂碧峰。
无人知所去，愁倚两三松。

清澈的流水之中仿佛听得到有犬吠之声在回荡，盛开的桃花上带着浓浓的雨水。走到树林深处，才见到灵动的小鹿在林间穿行。正午时分，山间一片静寂，听不到浑厚的钟声。

野生的竹努力向上窜着，拨开了蒙蒙的雾，直直地穿入蓝天。飞流直下的瀑布远远望去，好像挂在那碧绿的山峰上。没有人知道我要拜访的道士去了哪里，我只好倚着古松，排遣寻而不见的愁。

自古修道先修心。清幽的环境对于修心之人来说可谓最佳去处，远离了尘世，就更容易静下心来；不被外界世俗所干扰，就更容易将事情想得通透。世上的荣华富贵最后都会变成尘土，只有天地是长久的。

居住在深山之中，与山山水水为伴，每日聆听自然界发出的声音，仔细思考、沉淀，内心渐渐就变得平和起来。一旦内心变得平和，也就更容易看得清自己的心，听得到内心的声音了。

有些人求道而不得，是因为他们放不下心里的纠结：一边渴望得道成仙，一边放不下凡尘俗事。放不下该放下的，自然也就求不得想要求的。学会放下、看开，才能真正洒脱起来。须知放下即是拥有。

游仙诗是中华文坛的一朵奇葩，具有深厚的传统文化积淀。

九重出入生光辉，东来蓬莱复西归

《西岳云台歌送丹丘子》李白

李白喜欢寻仙问道，一生之中结识了许多修道之人，丹丘子便是其中一位。丹丘子，即元丹丘，又称丹丘生、元丹子，是一位“素与烟霞亲”的隐士。李白20岁左右时与他相识于安陆，两人情志相投，遂成为好友，并曾共同隐居于河南颍阳嵩山。

李白与丹丘子相识相交22年。其间，李白将丹丘子视为仙人，极为重视，并受其影响而产生了一些思想上的变化。这段时间内，他所创作的诗文中也蕴含了一些道家思想。丹丘子也非常重视李白，不但将自己的老师、唐朝著名道士胡紫阳介绍给李白认识，还通过与自己关系较好的玉真公主将李白推荐给了唐玄宗。可以说李白能够被唐玄宗召入京城，与丹丘子有着密切关系。

古代诗人常喜欢以诗歌进行交流，所以李白也常赠诗给丹丘子。其中的《西岳云台歌送丹丘子》一诗作于唐天宝三年（744年）。当时的李白已被赐金放还近一年之久，得知丹丘子马上就要返回长安，便在华山之上写下了这首诗。全诗以吟诵黄河峡谷美景为由，咏物抒怀，既表达了对好友美好未来的祝福，也表达了自己对飞升成仙的向往。

西岳云台歌送丹丘子

西岳峥嵘何壮哉！黄河如丝天际来。

黄河万里触山动，盘涡毂转秦地雷。

荣光休气纷五彩，千年一清圣人在。

巨灵咆哮擘两山，洪波喷箭射东海。

三峰却立如欲摧，翠崖丹谷高掌开。

白帝金精运元气，石作莲花云作台。

西岳华山是那样巍峨壮丽！在云台上俯瞰黄河，那黄河就好像从天际游来的细丝一般。万里长的黄河一路奔腾而来，水波湍急，浪涛汹涌，所触及之处尽是山摇地动般轰声滚滚。又像巨雷一般，冲击着整个秦川大地。

黄河的上方笼罩着五彩缤纷的祥瑞之气，清澈的河水也是千年难得一见的祥瑞之兆。必将有圣人即将出现。河神巨灵一声咆哮，将首阳山和华山劈开，好让黄河之水如箭一般喷射进东海。

华山的三座山峰虽然依旧耸立，却被这咆哮震得好似向后倾倒。翠崖丹谷都是巨灵神用掌劈开而成。西天的金精白帝为华山的西峰注入元气，使之化成莲花的模样，又为北峰注入元气，将其化作云台。

云台阁道连窈冥，中有不死丹丘生。

明星玉女备洒扫，麻姑搔背指爪轻。

我皇手把天地户，丹丘谈天与天语。

九重出入生光辉，东来蓬莱复西归。

玉浆倘惠故人饮，骑二茅龙上天飞。

云台的阁道直与幽冥相通，其中住着一位不死的神仙，名为丹丘生。有天上的仙女为其洒扫庭院，打扫房间，还有麻姑会亲手为他轻轻地搔背。

我们的皇帝权御天下，掌握着天与地的门户，意欲邀请丹丘生与其一起谈论天地之至道。于是丹丘生浑身散发着九重天的光辉，从东边的蓬莱而出，向西方的凡间而去。

若是我这位故人能有机会品尝到丹丘生的玉浆，便也能与他一起骑上二茅龙飞升成仙了。

遥见仙人彩云里，手把芙蓉朝玉京

《庐山谣寄卢侍御虚舟》李白

唐乾元元年（758年）4月，史思明造反。58岁的李白被流放夜郎。人到中年，流放在外，对于李白来说无疑是件痛苦的事。他可以忍受生活条件的艰苦，却难以忍受生活的不自由。

次年关中大旱，对于百姓来说是件不幸的事，对于李白来说却算得上是一件幸事。朝廷为显仁政，宣布天下大赦，将被判死刑的人改为流放，并赦免了全部正在流放的人，李白也因此重新恢复了自由身。

结束了长期的流放生活，重新呼吸到自由的空气，李白心情大好。他顺长江而下，赏美景、访好友。途经江夏时，受老友良宰之邀，李白在此多停留了一段时间。随后，他决定启程前往浔阳，重游庐山。

经历了数次磨难，又在实现抱负的道路上一再遭受打击，李白对建功立业、实现理想之类的事已全然没了兴趣，对求仙学道的渴望则变得更加强烈。只是，他放得下功名利禄，却放不下对尘世间的美好风物的留恋，舍不得让自己彻底与现实隔绝，再也不问世事。唐上元元年（760年），李白在前往庐山的途中给好友卢虚舟写了一首诗，表达了自己这种矛盾的情感。

在《庐山谣寄卢侍御虚舟》一诗中，李白通过错综复杂的笔势、不停转换的诗韵描绘出了一幅极美的画卷，写出了自己的真性情，写出了对美好自然风貌的喜爱，也写出了他对飞升成仙的渴望。

庐山谣寄卢侍御虚舟

我本楚狂人，凤歌笑孔丘。

手持绿玉杖，朝别黄鹤楼。

五岳寻仙不辞远，一生好入名山游。

春秋时期的“楚狂人”陆通，不满政治现状，吟唱着凤歌去劝孔丘不要做官。如今的我正如他一般，手中拿着一根仙人常用的绿玉杖，一早便从黄鹤楼离开。我一生都喜好走访名山，四处仙游。为了寻仙，我愿攀登五岳，从不觉得路途遥远。

庐山秀出南斗傍，屏风九叠云锦张。

影落明湖青黛光，金阙前开二峰长，银河倒挂三石梁。

香炉瀑布遥相望，回崖沓嶂凌苍苍。

翠影红霞映朝日，鸟飞不到吴天长。

庐山高耸挺拔，其峰可及南斗，足以见其高。五老峰东的九叠屏像秀丽的云锦铺张着。庐山落在鄱阳湖中的倒影泛着黑青色的光，铁船峰和天池山相对峙，如同皇宫外打开的金色大门，一挂瀑布垂在三石梁上。

香炉峰瀑布与它遥遥相望，山崖曲折，山峰重叠，耸入云霄。翠绿色的影子与红霞在朝阳中相互辉映，鸟儿努力地飞，也飞不过又长又广阔的吴天。

登高壮观天地间，大江茫茫去不还。

黄云万里动风色，白波九道流雪山。

好为庐山谣，兴因庐山发。

我登上山顶，观望这天地间的壮观景象，看到茫茫江水向东流，一去不回，看到昏暗的云布满天空，有万里那么长。江水激起白色的浪，堆叠起来，远远望去像是雪山。我喜欢这样雄伟的庐山，我的兴致因它而生，并愿意为它作诗歌唱。

闲窥石镜清我心，谢公行处苍苔没。
早服还丹无世情，琴心三叠道初成。
遥见仙人彩云里，手把芙蓉朝玉京。
先期汗漫九垓上，愿接卢敖游太清。

闲时，我观看东面的石镜，洗净我心灵上的污浊。谢灵运曾在此处行走，如今他的足迹已被青苔埋没。我应该早一些服下仙丹，忘却世情，以便能达到道家琴心三叠的境界。我远远地看到有仙人站在彩云之中，手持芙蓉，向玉京山叩拜。我早和九天之上的仙人有过约定，希望到时能接你一起漫游太清。

自然景色再美，若观者无心，便无法感受得到它的美。登上高耸入云的山峰，清心而立，静心而观，世界尽在眼中，便知人的渺小和天地的广阔。懂得放下，才能真正享受自由。

一往屏风叠，乘鸾着玉鞭

《送内寻庐山女道士李腾空二首》李白

李白喜欢寻仙问道，常与修道之人来往，其妻许氏对修道也颇有兴趣。一日，李白送妻子许氏去拜访隐居在庐山的女道士李腾空，途中突有所感，于是写下了《送内寻庐山女道士李腾空二首》，含蓄地表达了对现实的失望，以及对出世的向往。

盛唐时期，由于皇帝对道教极为推崇，致使热衷于寻仙修道者颇多，这其中也不乏一些女性信徒，李腾空便是其中一位。李腾空的父亲是宰相李林甫，在朝中位高权重，只手遮天。同时，李林甫又是唐朝宗室，生就享有富贵荣华，李腾空生长在这样的家庭中，自然也是衣食无忧，分外安逸。

李腾空过着旁人羡慕的生活，却并不因此觉得开心，也从未觉得自己高人一等。她痴心学道，不爱荣华。相比于家中的美味珍馐，她更喜欢粗茶淡饭；相比于豪华的大宅，她更喜欢简朴的小屋；相比于奴仆成群，前呼后拥的日子，她更喜欢清净简朴的生活。于是，她离开了京城，在庐山过起了隐居的生活。很多人都觉得如此聪慧美丽、家境优越的女子，躲在深山之中过苦日子实在可惜。李腾空却过得心安理得，她每日自食其力，与世无争，虽然生活清苦，但内心安然。

李白的妻子许氏与李腾空有些相似之处，其父是前宰相许圉师，所以她从小衣食无忧、尽享荣华富贵，而她本人却持有那种不慕荣华、与世无争的处世态度，并且喜欢道学。许氏对李腾空不愿沦陷于世俗情欲之中的行为极为欣赏，对其人也非常佩服，想要去庐山拜访她，与她一同修道。李白得知妻子此意后，也非常支持，于是送她前往。

《送内寻庐山女道士李腾空二首》虽是为李氏而作，可我们在读这篇组诗时，也能感受到李白自己想要飞升成仙的愿望。他羡慕李腾空能够居住在一个远离尘世、不受干扰的地方，也向往李腾空正在过着的那种与世无争、悠然自得的生活。他支持妻子留在那里修道，他自己又何尝不想找一个这般宁静的地方，过他所渴望的修仙生活呢?

送内寻庐山女道士李腾空二首

君寻腾空子，应到碧山家。
水舂云母碓，风扫石楠花。
若爱幽居好，相邀弄紫霞。

我的妻子，你若是想要去庐山寻道姑李腾空，应该去她搭建在庐山上的茅庐。她应是在那里用水舂提炼云丹以炼丹药，茅庐的边上定然还会种着一些石楠花。你如果喜欢她那幽静的居所，也可以留在那里，与她一同修行。

多君相门女，学道爱神仙。
素手掬青霭，罗衣曳紫烟。
一往屏风叠，乘鸾著玉鞭。

你是出身相门的女子，却偏偏喜欢学道修仙之事。你洁白的双手捧起一团紫色的云气，衣摆摇曳着，仿佛也生出了一缕紫烟。待你到了庐山屏风叠之后，你也就能够手持白玉鞭，乘坐仙鹤飞升成仙了。

很多人习惯把一些事说成“习惯了”。习惯了荣华，便难以再吃苦；习惯了挥霍，便难以再节俭；习惯了有人服侍，便难以接受亲力亲为；习惯了众星捧月，便难以接受孤独清冷。

这世上，有太多人习惯为了拥有权力和地位而争抢不休，甚至不惜抛弃理智、放下尊严，哪怕只有一时的风光，也要拼尽全力与人争个你死我活。只有极少的人愿意放下那些浮名，能够习惯用平常心看待平常事，用平常心做平凡人。

每个人的人生都是一场修行，有平常心的人，修行之路才会是坦途，少受磨难。

澹然离言说，悟悦心自足

《晨诣超师院读禅经》柳宗元

唐朝是一个宣扬道教高于佛教的时代，在统治阶级的影响下，世间信奉道教的人也越来越多。然而，身为朝臣的柳宗元没有随波逐流，他不但信奉佛教，还致力于将佛教和儒家学说结合起来，主张“统合儒释”。

柳宗元会信奉佛教，起初是受到了他母亲的影响。后来，他看到了朝廷的腐朽、社会的衰败，就越发钻研佛学，并试图将佛学中的一些智慧思想用于济世上。对他而言，佛学不是逃避现实的工具，而是与其他的学说一样，是一种能够学以致用，帮助他实现“辅时及物”理想的哲学思想。遗憾的是，他的这种希望并没有成为现实。在政治领域中屡次受挫的经历让柳宗元的这份希望渐渐被熄灭。被贬永州后，他开始变得消极，对自己的前途不再抱有希望，并改为在佛教中寻求宁静与解脱。

唐元和元年（806年）左右，被贬于永州的柳宗元居住于永州的龙兴寺西厢。该寺住持名为重巽，对佛学有很深的研究，并且十分善于讲经，被人们称为“超师”。于是，柳宗元时常去重巽居住的净土院里向其请教佛学或读佛经。

读经对于柳宗元而言是件严肃庄重的事。都说早上是一天之中最宝贵的时间，所以柳宗元每日很早便起来，先用井水洗漱，后掸尽衣服上的灰尘，以保证身心的洁净，之后才进入“超师”的院子，虔心诵读经书。其间，他对佛经有了新的感悟，并意识到世人读经大多是在刻意追逐一种意境，或沉迷于其中的荒诞传说，对经书真正的含义其实一无所知，这样读经并无益处。

柳宗元认为，佛教的教义十分深远，只有正念读经，用心领悟，才能理解其中的真谛，并从中受益。同时他仍然坚信佛家与儒家在道义上有相通之处，不但可有益于人，还可以有益于世。所以对他而言，读佛经时必须要学习其中能够有益于变革社会的部分，才算得上学有所得。

在龙兴寺读经期间，柳宗元心有所感，于是创作了《晨诣超师院读禅经》一诗。他在诗中既描写了自己每早诵读禅经的情景和感受，也将心中压抑太久却无法抒发的抑郁之情写进了诗里，透露出自己若非被贬成“闲官”，怕也没有机会在清静幽雅的寺中过上闲适的生活，从中体会到佛经的深意。

晨诣超师院读禅经

汲井漱寒齿，清心拂尘服。

闲持贝叶书，步出东斋读。

早上起来，从井中打出些清水洗漱。清凉的井水入口，整个人都精神许多，心也清净了不少。然后，轻轻拂去衣上的尘土，悠闲地捧着佛家的贝叶经，从净土院的东斋走出，虔心地朗读经书。

真源了无取，妄迹世所逐。

遗言冀可冥，缮性何由熟。

世人读佛经，却并不领悟其中的真谛，反而对其中所言的一些荒诞传说沉迷不已。修习佛经应将其中所言的哲理与儒家精义暗下结合，如果只用它来修持本性，便认为已经精通佛学，是无法达到精神圆满的目的的。

道人庭宇静，苔色连深竹。

日出雾露馀，青松如膏沐。

澹然离言说，悟悦心自足。

住持居住的禅院十分幽雅清静，碧绿的青苔一直延伸到了竹林深处。太阳升起时，晨雾消散，留下晶莹的露水，苍翠松树像是被油脂涂抹了一般郁黑发亮。这样恬静的环境让我心中十分喜悦，却又难以用语言表达出来，只觉得满心都是悟出佛理的畅快和满足。

世人信佛、求佛、理佛，原因各异，结果也自然各不相同。任何事，一旦形式大于内容，必会偏离初衷。任何人，一旦重视外在表现多过内在探索，必会忽略本质。学习如此，理佛也是如此。抛开外物，清心静欲，先修心养性，再深入钻研，才能真正领悟到佛学的真谛。若是始终一知半解，将佛学变作一种茶余饭后的谈资，读的经书再多也是徒劳。

誓将挂冠去，觉道资无穷

《与高适薛据登慈恩寺浮图》岑参

岑参，唐朝诗人，出身于书香门第，自幼聪慧，九岁便能赋诗写文。然而命运不济，造化弄人，直到唐天宝三年（744年），岑参才考中了进士，成为了率府兵曹参军。之后，他两次被派往边塞，经历了艰苦的边塞生活，这些经历都对其思想和人生态度产生了较大的影响。

岑参心中一直将光耀门楣视为自己的责任，然而兵曹参军只是一个低等小官，想在这一位置上有所作为实在太难。于是五年后，他进入了安西节度使高仙芝的幕府，任掌书记，并希望能够通过这份工作得到朝廷的赏识，获得晋升的机会。

在当时，掌书记需要负责的工作之一是协助藩镇与中央进行沟通，在节度使与朝廷之间起到上传下达的作用。岑参初到此处，和其他官员都不熟悉，高仙芝手下其他优秀的官员又对他并不在意，这些都使他工作起来困难重重，也令他失去了刚刚来此时的斗志。这样的日子一直持续到唐天宝十年（751年），高仙芝在一场重要战役中打了败仗，被撤掉了节度使之职，岑参也随之失业了。

岑参回京述职后，朝廷考虑到他虽然无功，但也无过，于是给他安排了大理评事这样一个清要职位。对此，岑参感到有些失望，却也无可奈何，只能接受。

次年秋天，岑参约了高适、薛据、杜甫等几位诗友一同出城郊游。经过慈恩寺时，高适被慈恩寺孤高突兀、气势巍峨的宝塔所吸引，于是率众人登塔，并在塔上作了《同诸公登慈恩寺浮图》一诗以助兴。众人皆以诗和之，岑参也作了一首，便是《与高适薛据登慈恩寺浮图》。

岑参少年时曾在嵩山生活过较长的一段时间，幽静的环境让他对佛学产生了一定的兴趣。经历了生活的不易和仕途的坎坷后，他对佛学的兴趣更浓，也更习惯接触佛家，对佛理进行深入的思考。如今，站在这样一座古塔之上，想到边关战事未定，自己却不得不悠闲度日，岑参的心中倍加感慨。于是，他将自己这些情绪写进了诗中，用前十八句写塔，最后四句抒情，表达了自己对国家的怅惘之情，以及想要辞官出世的念头。

与高适薛据登慈恩寺浮图

塔势如涌出，孤高耸天宫。
登临出世界，磴道盘虚空。
突兀压神州，峥嵘如鬼工。
四角碍白日，七层摩苍穹。
下窥指高鸟，俯听闻惊风。

宝塔的气势好像从平地涌出一般，孤立高耸，一直冲入了天宫。在上面行走，好像走出了人间，蜿蜒的石阶向空中盘旋而去。再看宝塔，显得更加突兀，像是能把整个神州镇住，这种景观看起来就像是鬼斧神工制造而成。宝塔的四个角伸展开，将白日挡住了。七层高的宝塔与苍穹紧紧相连。向下看，只能看到高飞的几只鸟，向下听，只听得山风从脚下呼啸而过。

连山若波涛，奔凑似朝东。
青槐夹驰道，宫馆何玲珑。
秋色从西来，苍然满关中。
五陵北原上，万古青濛濛。

连绵的青山像波涛一样，澎湃地向东流。笔直的道路两侧都是挺拔的青槐，楼台宫殿格外玲珑。秋天的景色从西面而来，秋风萧瑟，整个关中都透着萧条之气。坐落于长安城北的汉代五陵下，埋藏着曾经创基立业的五位君王，如今他们的朝代早已过去，却只有他们墓前的青松还能呈现出一派万古长青。

净理了可悟，胜因夙所宗。

誓将挂冠去，觉道资无穷。

清净的佛理能让人大彻大悟，一直信奉善因的我不如了却尘缘，图个清静，辞官事佛。到那时，便能体会到无穷无尽的佛道了。

借问路旁名利客，何如此处学长生

《行经华阴》崔颢

唐朝诗人崔颢，性情耿直，才思敏捷，擅于将真实存在的山水景观与虚构出的神话传说相结合，创作出以山水行旅、登临怀古为主题的诗歌。在唐开元十一年（723年）时中进士，却一生仕途不顺，不曾实现胸中的抱负。

天宝年间，崔颢第二次前往京城，途中经过华阴。华阴是一座县城，因华山坐落于该县境内而得名。这里是从河南一带前往咸京的必经之处，北临黄河，河岸的对面就是风陵渡，山河秀丽，景象壮观，且路途艰险。过往行人途经此处时，无不被此地的壮观所震撼，感叹西岳华山的雄壮。

崔颢与许多人一样，都曾为了名利而不停奔波，然而在见到雨过天晴之后的华山时，他被华山那高大出尘的形象以及武帝祠前的清新景象所震撼了，他开始质疑自己一直苦苦追求功名利禄的行为是否是对的，进而对自己的所作所为感到了一丝羞耻。

天地悠悠，过客匆匆，是否应该为名利终生奔波，不分日夜，忽略了身边美好的事物呢？为何不好好欣赏一下大自然带给人们的秀美景观，从中领悟到平淡才是真的生活真谛呢？这样的念头一层又一层袭来，一发而不可收拾，令崔颢越发渴望归隐山林的生活，渴望学习长生之术。

在《行经华阴》一诗中，崔颢通过描写自己眼中所见到的华山，既歌颂了大好河山的壮丽，也表达了自己不愿继续追逐名利，想要学道求仙的情感。全诗在格律上与其他诗略显不同，没有采用传统的起、承、转、合结构，而是先按层次写景，最后以问句收尾，具有一种特殊的韵味。

行经华阴

岧峣太华俯咸京，天外三峰削不成。

武帝祠前云欲散，仙人掌上雨初晴。

河山北枕秦关险，驿树西连汉畤平。

借问路傍名利客，无如此处学长生。

站在高险的华山之巅俯瞰整个咸京，三座山峰向天外伸展而去，并不是靠人工将它们削成这样的。庄严的武帝祠前，乌云看上去马上就要消散。雨过天晴，仙人掌峰上一片郁郁葱葱。

秦关的北面靠着河山，地势是那样险峻。一条驿路从长安穿过，往西延伸，一直连到汉畤。借问那些为了追名逐利整日在路上奔忙的人，为什么不停下脚步，在此处访仙学道，以求长生呢?

人的生命是有限的，当我们一心只想要追求功名利禄时，时间就会过得飞快，让我们在不知不觉中便失去了一大半生命，失去了与家人相伴的时间，失去了真实面对自己的机会。当我们只顾着满足物欲，满足内心的贪婪时，我们就很难发现内心真实的需要，活得失去自我。

越是执着于名利，越是难以心静。很多人为了追逐名利，放弃了平常心，放弃了原本拥有的平静生活，殊不知这样只会令他们成为名利的奴隶，被名利所驱使，无法体会到人生的乐趣。如此一来，得不偿失。

想要活得踏实，真正享受到幸福和安定，需要破除那些无用的执着，不再为了外物而放弃真实的自己。只有这样，心才不会一生苦累，才能获得安宁和惬意，才能拥有真正的幸福。

第十一章　感时伤世，叹无奈变迁

总为浮云能蔽日，长安不见使人愁

《登金陵凤凰台》李白

李白的一生经历了大起大落。虽然他在性格上一直保持着豪放洒脱，不在意荣华富贵，不愿向权势低头的特点，但起起落落间，他对朝廷的感情、对人生的感悟却着实发生了一些变化。

盛唐时期，社会上看起来一派繁荣，实则暗藏污浊和丑恶。随着阅历的增长，李白不再是当初那个天真的少年，他的观察力更加敏锐。

天宝年间，李白在金陵游历时，曾登过此处的凤凰山。当时的凤凰山上有一个凤凰台，相传此台建造于宋元嘉十六年（439年），目的是庆贺并纪念刘宋文帝梦见百鸟朝凤之景，凤凰台和凤凰山都是因此而得名的。

对于帝王来说，梦见凤凰预示着王朝兴盛，自然值得庆祝。可是庆祝过后又如何呢？南朝最终还是亡了。不仅是南朝，还有许多曾经风光无限的朝代，都曾在此处建都，又一个接一个地灭亡了。那些曾经霸气十足的帝王们都随着王朝的覆灭而消失了，那些风流一时的人物也从此消失在人们的话题中，不再有人提起。唯一不变的，只有奔腾不息的江水。

李白站在凤凰台上，看着眼前的景色，回顾着历史，不由得心生感慨。但这感慨只停留了片刻，便转为了对现实的悲哀。他不想沉湎于历史的悲痛，想要将眼光放长远，从所处的朝代之中看到一些希望。可无论他怎么看，眼前却仍然只有一片茫然的江水和遮天蔽日的浮云。

李白的心中有不被赏识的失意，有无人理解的孤寂，有对国家和朝廷的悲愤……种种情绪交织在一起，令他创作出了著名的《登金陵凤凰台》。这是一首七言律诗，诗中既将凤凰山周围的美丽景色描写得十分生动，也将他的心情刻画得十分真实。那种因景怀古，感叹历史变迁，进而心忧现实的感情，令读者在读此诗时不由得随着诗人的心情起伏，产生一种无可奈何的愁绪。

登金陵凤凰台

凤凰台上凤凰游，凤去台空江自流。
吴宫花草埋幽径，晋代衣冠成古丘。
三山半落青天外，二水中分白鹭洲。
总为浮云能蔽日，长安不见使人愁。

金陵的凤凰台上，曾有凤凰在此处盘旋不去。如今凤凰已不知去向何处，站在空荡荡的凤凰台上，只能看得到山下的江水一如既往地向东流着。

三国时期孙吴曾在金陵建造的宫殿如今已经荒芜了，小路上长满了野花和野草。东晋时期的帝王也曾在金陵建都，豪门贵族们还在此处修建了豪华的衣冠冢。如今时过境迁，衣冠冢已完全褪去了豪华，变成了一个个荒凉的土丘。

遥望远处的三山，云雾缭绕，好像半落在青天之外。白鹭洲挡在了江水的中间，将其分成了两条河流。

如今的朝中总有奸臣当道，阻塞了皇帝的视听，就像浮云遮住了太阳。我有心向皇帝进言却不得进，有心为国效力却不得机会，这让我如何不发愁。

过去的总会过去，该来的总是要到来。一时的风光，不代表永远的风光。一时的气派，不意味着永远都能够气派。当生命到了尽头时，能够永远留在世间的，只有不断被世人传诵的故事。人为制造的繁华，总是会随着生命的逝去而消失在空气里。只有自然的美丽才是永恒的，不会伴随着人的生命消逝而渐渐消失。

旧时王谢堂前燕，飞入寻常百姓家

《乌衣巷》刘禹锡

刘禹锡，唐朝诗人，自幼聪明勤奋，熟读儒家经典，少年时便已能吟诗作赋。唐顺宗即位后，原太子侍读王叔文在朝中得到重用。刘禹锡因一直与王叔文交好，且才华得到了王叔文的肯定，于是有了进入官场的机会，并积极参与到一场重大的政治革新中。

革新的初见成效令刘禹锡受到了鼓舞，然而好景不长，由于藩王、宦官等保守势力联合反抗，革新最终失败了，顺宗被迫让位，王叔文被赐死，刘禹锡也遭到了朝廷的贬职，直到唐元和九年（814年）才得以奉召回京。

回京后的第二年，刘禹锡因作诗得罪执政者而经历了一场长达近十年的外放。外放期间，他的心中极为不满，便采用寓言诗的方式将这种情绪写在了自己的诗作中。

唐宝历二年（826年），刘禹锡从和州前往洛阳。途经金陵时，他读到了一位好友所写的五首咏金陵古迹的诗，并受到启发，也写下了五首咏怀金陵古迹的诗篇，并为该组诗篇并称为《金陵五题》。其中，当属排在第二首的《乌衣巷》流传最广。

乌衣巷本是一条安静的小巷。东晋时期，王导和谢安两位朝中重臣带着整个家族搬到了此处，自此，这条小巷就变得繁华起来。

王导是东晋的开国元勋，也是建朝过程中最大的功臣，是他在天下大乱时看清了形势，建议司马睿迁都金陵，帮助司马睿团结各方力量，并协助司马睿建立了东晋政权。谢安任丞相时虽已有四十多岁，却一上任便立了大功，阻止了桓温的篡位。在他指挥下的淝水之战更是成为了历史上最著名的一场以少胜多的战役。

王、谢两个家族对东晋作出了重大贡献，享受到了朝廷的厚待。他们的后人也都十分出色，不断涌现出著名的书法家、文学家等。因为这两个家族的子弟都喜欢穿乌衣以显身份尊贵，所以后人将此巷称为“乌衣巷”。

随着时代的变迁，到唐朝时，乌衣巷早已不复当年，再也看不到当初的繁华热闹，取而代之的是冷清和萧条。刘禹锡的《乌衣巷》一诗所描写的正是这样的一幅场面。这是一首以环境烘托情感的怀古诗，诗人将东晋时期朱雀桥的气派以及乌衣巷的繁华鼎盛与他所在时代的场景进行了对比，凸显了世事多变，点明了“再繁华的时代都有谢幕的一天，一旦时代不同了，很多事物的意义都会变得不同”这一哲理。

乌衣巷

朱雀桥边野草花，乌衣巷口夕阳斜。

旧时王谢堂前燕，飞入寻常百姓家。

朱雀桥边的野草生长得十分茂盛，其中也盛开着一些野花。乌衣巷口人影稀疏，只看得到一轮夕阳在天空中斜挂。当年将巢筑在王导和谢安的屋檐下的燕子，如今已经飞进了普通百姓的家中了。

世事无常，时势无常。一个人的生死往往就在瞬间，一个朝代的兴衰也往往只在一瞬间。前一秒还是高高在上的君王，后一秒便可能成为新一任君王的阶下之囚；日落之前飘扬在城墙上的战旗，下一个日出之后便可能换了姓氏。

没人能够精确地预测出一个朝代会在哪一年的哪一天结束，没人能够准确地说出一个王朝会在哪一分哪一秒彻底被颠覆。有些事情的发生会有预兆，但预兆仅仅是预兆，不是一个标准的答案。

时过境迁之后，当初的辉煌已成为过去，只会偶尔被人们在茶余饭后提起，当作谈资。曾经的那些楼宇有些已经倒塌，只剩下断壁残垣。这便是人世间最常见的沧桑变化。

武帝宫中人去尽，年年春色为谁来

《登古邺城》岑参

岑参初到长安时，本想通过向皇帝献书来为自己谋一份官职，却不想此举无用，只得奔走于京洛。唐开元二十七年（739年）春，岑参离开长安前往河朔。途中路过邺城时，岑参不由得想到这里曾经发生过的战役，并想到了曾经在战场上叱咤风云的英雄们。

邺城是历史上一座著名的古城，被作为都城的时间长达126年，曹魏、后赵、冉魏、前燕、东魏和北齐都曾将都城定于邺城，所以后人将邺城称之为"三国故地，六朝古都"。

东汉末年和三国时期，邺城一带爆发了多次战争，其中最出名的一场战争发生于204年。那是一场非常艰难的战争。为了攻下邺城，曹操运用了各种计谋，然而邺城的守将审配意志异常坚定，一心相信袁尚的大军会打过来，坚决不肯投降，导致曹操足足花了半年的时间才将邺城攻下。

早在官渡之战时，曹操便知审配是个不好对付的人。当时，曹操抓住了审配的两个儿子，以他们的性命威胁审配，可无论怎么威胁，审配就是不肯投降。邺城一战中，审配也是如此坚定，哪怕被曹军困守在孤城，断了粮草，也仍然保持着宁死不降的气节。

审配的这种气节得到了许多学者的赞扬，宋朝学者裴松之称审配为"一代之烈士，袁氏之死臣"。明清时期的学者钟敬伯认为审配"虽未纯忠，以视许攸卖主献城，不啻霄壤。配真汉子哉！"

邺城毁于北周大象二年（580年）的一场战火。此后，当地百姓全部向南迁徙，没有再回来。到了唐朝，邺城已经成为了一片遗址，遍地荒草，少有人烟。岑参路过此地时，面对着满目荒芜，回想起当年在此英勇作战的将士，感慨万分，于是写下了《登古邺城》一诗，以作凭吊。

登古邺城

下马登邺城，城空复何见。

东风吹野火，暮入飞云殿。

城隅南对望陵台，漳水东流不复回。

武帝宫中人去尽，年年春色为谁来。

我翻身下马，走在邺城的上面。如今这里只有一座空空的城池，其他的几乎什么都看不见。

阵阵东风将外面的磷火吹起，夕阳西下，暮色缓缓飞入了昔日宫殿的遗迹中。

城墙角上作屏障的女墙与曹操建的铜雀台遥遥相对，漳河水从这里流过，然后便一路向东流去，再也不回来。

曹操当年的宫殿如今已成了废墟，当年住在里面的人也都已经去世了。这年复一年的春色又是为谁而来呢？

暮春的傍晚，独自走在荒芜的地方，心中难免会生出些悲凉的情感。曾经的人不在了，曾经的物也似是而非，应是没有什么能够勾起回忆的了。可是心里却莫名地追忆起来，这情绪一旦起了，就难以将它压下去。

可能是因为这样的天色，这样的温度，这样的光线，让人格外容易多思吧。又或许是那熟悉的河水仍旧在脚边流淌着，才会将那种熟悉的感觉又带回了这片熟悉又陌生的土地。

无奈的是时光的流逝，数十年、数百年、数千年……时光的流逝始终没有变，没有快一些，也没有慢一些。变的只有人，只有脸上看得见的皱纹和心里看不见的衰弱。

感时花溅泪，恨别鸟惊心

《春望》杜甫

唐天宝十五年（756年）六月，安禄山的叛军攻陷了潼关，唐玄宗弃城而逃。同年七月，太子李亨登基，改年号为至德。带着全家正在鄜州羌村避难的杜甫得知新帝即位，立刻动身前去新帝所在之地灵武朝拜，却不幸在途中被叛军抓住，成了俘虏。

与杜甫一同被押到长安的还有其他官员，官职高一些的都遭到了囚禁，被叛军严密看守了起来。杜甫因当时的官职低微，所以没有被囚禁，只是限制了他的出行和通信。

春天，杜甫走在熟悉的街头，看到的却都是陌生的景色。已成为沦陷区的长安到处是一片萧条，再也看不到当初的鸟语花香、烟柳明媚，再也看不到热闹的集市和拥挤的人群，再也看不到外来的游客满眼欣喜地在干净亮丽的城中闲逛。此时的长安已经成了一座荒凉凄惨的城，到处死气沉沉、荒芜破败。杜甫看在眼里，悲在心中。

城外，战争仍在继续着，没人知道什么时候才会结束。杜甫十分挂念远方的妻儿，想知道他们过得怎么样。他一直在渴望收到他们的书信，哪怕只有几个字也好，至少让他知道她们还活着，还在等着他回家。可是他等了很久，仍然是音讯全无。

被俘长安的日子里，杜甫每天看到的都是城内的凄惨景象，这已经让他感到十分痛苦。同时，对妻儿的思念，对天下百姓的担忧也无时无刻不在折磨着他。他的内心总是充满焦虑，日夜难眠，时间久了，白发便多了许多。

在这样的情绪中，他写下了《春望》一诗，借景抒情，表达了心中的悲愤和忧郁。

春 望

国破山河在，城春草木深。

感时花溅泪，恨别鸟惊心。

烽火连三月，家书抵万金。

白头搔更短，浑欲不胜簪。

国已经破碎了，只有山河仍在。春天再一次到来时，长安城中人烟稀少，冷冷清清，反而是草木长得十分茂盛。

此情此景叫人为之伤感，泪流不止。鸟鸣声惊心，徒增离愁别恨。

战火不停地烧着，足足半年多还没有停歇。远方的家书显得格外珍贵，一封家书可值得上万两黄金。

愁绪扰得我不住地搔头思考，头上的白发越搔越稀疏，连束发的簪子都已经插不住了。

那些年的山河破碎，令无数人流离失所。那些年的战火喧天，让许多人子散妻离。那些年，令人悲伤的那些年，如今都已成为历史书中几页的白纸黑字，平静地躺在那里，波澜不惊。可在当时，亲身经历过那些历史的人又有几人是平静的呢？

那么风光的一个王朝，让天下羡慕的王朝，就那么破碎了。是谁的错呢？是某个人的错，还是整个时代的错？

国破了，曾经的繁华灭了，人们的生活也毁了。春不见生机，夏不见热闹，秋不见收获，冬不见静谧。只有江河依旧在流淌，诉说着曾经的故事；只有高山依旧在俯视，静观着沧海桑田。

一个时代过去了，另一个时代接替了它，另一群人登上了历史的舞台，拉开了新的序幕。接下来的剧情会更好，或是更坏，决定权只在少数人的手里，更多的人只不过是看客罢了。一群人眼看着幕布被拉开，再合上，眼看着很少的人上场，再下场。

台上的人演得热火朝天，他们只听得到台下的欢呼和鼓掌，听不到台下的悲伤和怒骂。那只不过是个属于少数人的舞台，谁大，谁凶，谁就能掌控的舞台。有谁会在意观众的情感，有谁会体谅观众的不易呢？

地下若逢陈后主，岂宜重问后庭花

《隋宫》李商隐

一个朝代的兴盛和衰败，有时就发生在弹指之间。而导致一个朝代衰败的罪魁祸首，往往都是坐在龙椅之上的那个人，比如，隋炀帝。

隋炀帝还是太子时，曾与因荒淫而亡国，最后投降于隋朝的陈后主交往密切。不知是受到了陈后主的影响，还是他原本身体里就生有荒淫奢侈的欲望，自从登基称帝后，他便开始大肆挥霍国家的财力。只因喜欢江南秀丽的风景，便开凿了八百里的江南河，以便于他乘舟前往，还将从百姓那里搜刮到的民脂民膏用于在沿途修建大量的行宫。

在隋炀帝看来，自己身为帝王，自然可以享受到帝王的特权，所以他从来不认为自己的行为是错误的。他曾在他江都的行宫里修建了一座“放萤院”，专供他放萤火虫取乐所用。后来，隋朝灭亡了，隋炀帝的那些行宫也都成了废弃的宫殿。那曾在夜间亮起满院萤火，犹如仙境一般的地方也变得荒凉、寂静，空气中只能闻到杂草腐烂的气味。

唐大中十一年（857年）左右，李商隐游江东时看到了隋炀帝建在江都的那些行宫，不由得联想到了唐王朝的情况。安史之乱之前，唐朝便已经出现了与隋炀帝时期类似的情形，虽然唐宣宗李忱在登基后采取了一些政策，让日渐衰败的唐朝有了起死回生的局面，可是中唐时期遗留下来的种种问题并没有真正解决。

李商隐放不下心里的担忧，他不愿眼看着历史重现，于是写下了《隋宫》一诗，该诗从表面上看是在讽刺隋炀帝奢华荒淫无度，忘记了君王的身份和责任，最后导致了隋朝的灭亡，实际上是在暗讽唐王朝也在无形之中走了隋朝的旧路，若是不从根本上解决问题，唐朝最终也会如隋朝一般在帝王的奢靡淫乐之中走向毁灭。

隋　宫

紫泉宫殿锁烟霞，欲取芜城作帝家。

玉玺不缘归日角，锦帆应是到天涯。

隋朝的皇宫紫泉宫建在长安城里，那里时常紧闭着大门，很少能看得见人，只见紫色的烟霞。只因隋炀帝喜欢江都的风景，想要在那里落脚，才会把那里的宫殿修建得极为豪华。若不是祖上天生帝王之相，使玉玺落到了李家，令其需要继承皇位，隋炀帝定然会乘坐挂着锦帆的龙舟，行走到海角天涯。

于今腐草无萤火，终古垂杨有暮鸦。

地下若逢陈后主，岂宜重问后庭花。

当年的萤火院如今荒芜一片，不见萤火虫，只有腐草地。当年游船的河堤也只剩下寂寥，垂杨的枝头上栖息着乌鸦。听闻他当年曾在梦中与陈后主相逢，欣赏其宠妃一边吟唱着《玉树后庭花》，一边翩翩起舞。若是他在亡国身故后真的与陈后主在阴间相遇，不知他是否还会有心思欣赏那一曲《玉树后庭花》。

历史的天空下，每一个人都是透明的。岁月的长河里，每一个人都是过客。是的，生活要继续，便不能将自己困在旧事里，不能用前人犯下的错惩罚自己。可有些事是不能忘记的，即使它们再难堪，也不能忘记。

我们凭吊过去，凭吊先人，是一种纪念，也是一种对自己的提醒。多年以后，当我们也成为过去之后，也同样会有人凭吊我们生活的时代，凭吊曾经的我们。但愿有一日，他们在凭吊我们的时候不会觉得我们是上一个年代的“教训”，而是能够由衷地尊敬我们。

第十二章 时光飞逝，劝莫要蹉跎

花开堪折直须折，莫待无花空折枝

《金缕衣》佚名

唐朝是一个诗人层出不穷的朝代，也是一个诗歌层出不穷的朝代。在唐朝的诗坛中，广为传诵的诗有不少，有些因人而成名，有些因内容而成名，有些因思想而成名，也有些因其旋律优美、朗朗上口而成名。

在唐朝的著名诗歌中，有一首乐府诗不知是何人所作，也无人知道它具体创作于什么时间，只知它在中唐时期传唱度极高，并一直流传至今。它是一首诗意单纯却不单调的乐府诗，全诗只有四句，意在劝世人珍惜时间，珍惜眼前，不要浪费年少好时光，把握好机会，不要在失去之后再去后悔。这首诗便是《金缕衣》。

金缕衣原指用金线织成的衣服，象征高贵的身份，后来也代指荣华富贵。《金缕衣》一诗中劝世人"莫惜金缕衣"，意在劝人们不要贪于享受荣华富贵，不要贪图贵重之物。诗的前两句用了一个"莫惜"，一个"惜取"，两词之间既有重复，又有对比，起到了加强语气和强调主旨的作用。同时，将"金缕衣"与"年少时"进行对比，更突出了年少光阴最为珍贵。

诗的后两句同样在强调"珍惜时光、莫负光阴"，也同样是劝说的语气，只不过不似前两句直接点明主旨，而是引用了"折花"这样一件平常事，用"空折枝"说明时光一去不再回，若是不珍惜眼前的时光、人或物，失去之后便只能后悔了。一个"空"字，既写出了枝头花落枝秃的景象，也写出了虚度时光后悔的心情。

从艺术角度来看，此诗采用了别致的修辞，用简单的语言创造出了美好的意象，通俗易懂，加之配了优美的旋律，这也是该诗能够深入人心、流传甚广的原因之一。

金缕衣

劝君莫惜金缕衣，

劝君惜取少年时。

花开堪折直须折，

莫待无花空折枝。

我劝你不要只知道珍惜那些荣华富贵，而是要懂得珍惜少年时光。枝头有花的时候你不去折，等到花都凋谢了才去折就晚了。

最美的时光，不过青春年少。最好的我们，恰在青春年少。

年少时，我们总是拥有无限的资本，不需要特别的保养，就拥有满脸的胶原蛋白；不需要大把地服用营养品，就可以拥有健康的身体；不需要长时间的休息，就能充满活力和朝气。

随着我们的年龄渐渐增长，我们掌握了更多的知识和技术，增加了阅历，拥有了更多的社会资源，也习得了更多能力。我们得到的越来越多，可失去的也越来越多，比如青春、比如活力、比如健康。

我们的身体一天比一天衰老。起初，我们看不出来，意识不到，直到某天，我们的脸上能够看到明显的皱纹，头上可以看到清晰的白发，身体时不时感到疲累和酸痛，肢体也再不像曾经那样灵便，我们才会发现，时光竟然就这样流逝了，即使我们不愿理会，不愿承认，我们也已经不再年少了。此时，再想自由自在地做想做的事，已经没那么容易了。

光阴易逝，年华易老。再多的金钱也买不回年少的时光，今日若是不珍惜，老来必然会懊恼，悔恨自己当初为何荒废了那么多青春。很少有人一生都不会后悔，但珍惜每一寸青春年少时，珍惜眼前人，珍惜眼前事，才能让自己在生命的尽头少一些悔、少一些憾。

青春须早为，岂能长少年

《劝学》孟郊

唐朝诗人孟郊命运多舛，早年屡试不第，中年考中进士却仕途艰难。加之经历过藩镇之变，见过了世间的苦难，所以他创作的反映生活、表达愁苦感情的作品较多，只不过这类诗歌并不得到所有人的赞赏。在他的诗作中，还有一些古淡娴雅的诗歌，虽然这些诗歌在他所在的时代并没有引起人们注目，但在后世却得到一致好评，并广泛被世人传诵。

孟郊的诗多为五言古体，其特点为语言平实质朴，但在用词上却刻意求工。在写诗时，他既沿用了汉魏六朝五言古诗的传统，又在其基础上加以创新，使诗歌具有独创性。他的大多数诗都情感真挚、自然流畅，令人印象深刻。

经历过大起大落的人比较容易对人生产生大彻大悟，在苦海中挣扎过的人往往更容易看清人生。孟郊的一生算得上是不顺利的一生，但他一直认真地生活着，认真地学习着，认真地写着诗。其中，《劝学》是一首劝世诗，该诗表达的是劝人珍惜时光、潜心向学的主旨。特别是最后的“青春须早为，岂能长少年”两句尤为深入人心。

劝　学

击石乃有火，不击元无烟。

人学始知道，不学非自然。

万事须己运，他得非我贤。

青春须早为，岂能长少年。

石头只有被击打之后才会产生火花，如果不被击打，就一点烟都不会冒出来。人也是如此。人的知识不是天生的，世人只有学习之后才能明白事理，懂得知识，如果不学习，就什么都不明白。

世间的所有事，只有自己亲自去实践、去体验了，才能明白其中的道理，才能从中获得知识。别人得到的知识再多，也都是别人的，不会属于我们。我们必须趁早努力，毕竟人的青年时期就那么短短十几年，一旦过去就再也没有了。

人生在世，最无用的一个词就是"如果"。很多人喜欢在事情发生之后悔不该当初，懊恼地说"如果当时"。然而，时光不会倒流，如果永远只能是如果，不可能变成真的。

有的人在年少时总以为时间很多，长大离自己很远，于是学习的时候心不在焉，总想要偷个懒、走个神，将不喜欢的、不想做的事一拖再拖。一不小心，时间就这么过去了，再想回也回不去了。

一个又一个今天成为了昨天，一个又一个明天成为了今天，最后也终将成为昨天。把希望都寄托在明天是不现实的，只有把握好每一个今天，全心全意地过好每一个今天，不断提升自己的知识，开阔自己的眼界，开拓自己的思维，今天才会更加有意义。

有的人在步入职场后，才开始怀念上学的时候，感叹自己曾经不够努力，学得不够充分，知识掌握得不够扎实，希望能够再有一次回到校园的机会。有的人在工作后想要再学些什么，却碍于日常的琐事太多，工作太过繁忙，没有长时间安静学习的机会。

少壮不努力，老大徒伤悲。年少时过得越轻松自在，年长后就会过得越辛苦。想要以后的生活过得不费力气，必须在年少时拼尽全力。珍惜能够安下心学习的时光和机会，在最好的年纪里努力学习。

读书不觉已春深，一寸光阴一寸金

《白鹿洞》王贞白

王贞白，字有道，号灵溪，生于唐朝末年，著作有《灵溪集》7卷行世，今编诗1卷。

王贞白一生创作了数百首诗作，在唐朝末年的诗坛中颇负盛名，他自己也常以此为傲，并十分狂妄自负，只愿与诗坛前辈交流，不屑与其同期或在他之后的诗人互通诗作。关于这一点，可从他在写给“芳林十哲”之一的郑谷的诗中称自己的诗“只凭夫子鉴，不要俗人知”一事中看出。

唐朝末年，社会动荡，到处兵荒马乱，各地的学堂也都在战乱之中被摧毁了。很多读书人无处可去，只得躲入庐山，一边避难，一边继续学习。王贞白也是这些读书人中的一员。

庐山五老峰南有一处白鹿洞，此洞并不是真的山洞，而是由环状山峰形成的一处天然景观。唐人李勃曾在此处隐居求学，因其饲养了一匹极通人性的白鹿，世人将称他为“白鹿先生”，又将此处称为白鹿洞。此处三面环山，松竹翠绿，清溪潺潺，风景幽雅，环境静谧。这些读书人们便时常聚集在此处，讨论学问。

在白鹿洞读书期间，王贞白十分用功。因为学习得太过投入，他完全没有注意到时间的流逝，以至于不知不觉中一天便过去了。有一天，他猛然发现春天已经过去了，心中十分感慨，认为想学的东西太多，而时间却过得太快，让人总觉得不够用。于是他以《白鹿洞》为题创作了一首诗，通过描写自己的读书生活，来表达他对光阴飞逝的感慨，以及自己对时光的珍惜。

世人常用《增广贤文》中“一寸光阴一寸金，寸金难买寸光阴”来劝人珍惜时光，却少有人知其中的“一寸光阴一寸金”一句最早便是出自这首

《白鹿洞》。金子珍贵，应该珍惜，时光也同样珍贵，同样值得珍惜。王贞白在写下这一句诗时，或许只是抒发内心的感慨，并未想过这句诗会成为千古名句。而这句诗对后人的启发却是十分深远。

白鹿洞

读书不觉已春深，一寸光阴一寸金。

不是道人来引笑，周情孔思正追寻。

读书读得太过专注，不知不觉中，春天已经要过去了。时间如此宝贵，每一寸光阴都像黄金一样珍贵。

如果不是有来往的道人与我开玩笑，打断了我的思绪，我应是还在潜心研究儒家经典呢。

关于时间，人们总是有不同的看法，有些人觉得时间过得太快，快得让人措手不及，有些人觉得时间过得太慢，慢得让人饱受煎熬。其实，时间的速度从来没有变过，我们会对它产生不同的看法，只是因为我们所站的立场不同。在做自己喜欢的事时，会觉得时间过得很快；在做自己不喜欢的事时，就会觉得时间过得很慢。

上课时，无心听讲的人想要逃离，一心盼着下课，于是总觉得时间过得太慢；勤奋好学的人想要多学一些知识，多问一些问题，于是总觉得时间过得太快。同样的一场电影，有些人看到一半就希望快点结束，是因为他们对电影的内容不感兴趣；有些人从来不关注电影播了多久，还剩下多久，是因为他们正全神贯注地享受着电影带来的乐趣，所以才会在看到片尾出现时还觉得意犹未尽。

人的一生是有限的，与其在无所事事中消磨时光，或把时间荒废在无聊的消遣中，倒不如打起精神，让生活充实起来。珍惜每一天，过好每一天，不但让生命更加有意义，也让自己过得更愉快。

白日何短短，百年苦易满

《短歌行》李白

李白性情洒脱，不受束缚，不慕荣华，深知人生苦短，却从不因此感到悲观，无论处境如何，他都保持着一种乐观的精神，在诗中尽情抒发自己的浪漫主义情怀，提醒人们珍惜时光。他有一首《短歌行》表达的就是这样的一种感情。此诗大约创作于李白“奉诏入京”之前，当时的李白还是一个自由自在的诗人。

《短歌行》是乐府相和歌平调七曲之一。关于《短歌行》，有人认为这是一种感叹人生短暂的体裁，其中的“短”指的是人生短暂；也有人认为这一题目与人生长短无关，其中的“短”指的是诗的篇幅比较短。读李白的这首《短歌行》，我们会发现李白对《短歌行》的理解似乎属于前者，但又与前者不同。

李白的性格是豪放不羁，喜欢及时行乐的，在这首《短歌行》中，他点明了时光飞逝、生命短暂，却没有因此感到悲伤和惋惜，反而乐观地希望能在有限的时间里做更多的事，让人生过得更加有意义，让生命更加有价值。

在创作上天马行空是李白的一个特点，在《短歌行》中，我们也能充分感受到这一特点。李白在诗中引用了麻姑、天公、玉女等神话人物，并借用了万劫、太极、六龙、扶桑等神话故事中的意象，使整首诗呈现出一种浪漫色彩。将现实与想象结合在一起的手法可以让人更容易接受时光短暂的现实，既然寿命极长的天人也会老，身为凡人的我们何必为了生命的短暂而苦恼呢?

短歌行

白日何短短，百年苦易满。
苍穹浩茫茫，万劫太极长。
麻姑垂两鬓，一半已成霜。
天公见玉女，大笑亿千场。
吾欲揽六龙，回车挂扶桑。
北斗酌美酒，劝龙各一觞。
富贵非所愿，与人驻颜光。

白天是多么的短暂，一辈子的光阴也很快就过去了。苍天广阔，浩渺无边，万世是那么长。都说仙女麻姑特别长寿，可她的头发也已经白了一半。天公和玉女一起玩投壶，每中一次便大笑一次，如今也已经笑了上千亿次。

我想乘上日神那由六龙驱使的车，向东而去，最后将车挂在东海的扶桑树上。用北斗盛出琼浆玉液，给每一条龙都劝一觞酒，让它们就此沉睡，不能再带着日神出发。我不渴望拥有富贵荣华，只想能够让时间停下来，让人们不再失去美好的光阴。

世人羡慕仙人拥有无尽的寿命，总想要长生不老，可若是一生庸碌，再多的时间又有何用呢?

观日出日落，赏花开花谢，看云卷云舒，一日两日可算得上享受，即使一周也可算得上是休憩，可若是一个月都如此，还会觉得喜悦吗?流连闹市，饮酒作乐，时间久了也会变得无聊。若将一生都只局限于吃喝玩乐、肆意消遣，即使活上百年、千年，也与只活一天无异。

人生得意须尽欢，这其中的“欢”却不是表面上的欢乐，而是内心的满足。可想要达到内心的满足，则一向不易。充实的人生不是每天沉浸在单纯的玩乐中，醉生梦死，流连于温柔乡，也不是一掷千金的痛快，而是让自己的存在成为一种不可或缺，充分发挥自己的长处，做有意义、有价值的事情。如此，才是不白活一场。

黄尘清水三山下，更变千年如走马

《梦天》李贺

自古以来，描写人生短暂，希望世人珍惜时光的诗词有不少，而表达方式各异。有些诗人喜欢直截了当地用劝说的语气，在诗中点明现实，让人醒悟。还有一些诗人则喜欢用委婉的方式，借写其他事物来暗示人们要珍惜时间。

李贺的《梦天》是一首揭示人生短暂的诗，但他在诗中并未明确提及这一点，而是通过描写自己夜游月宫的所见、所感来揭示世事无常，人生短暂，以此来提醒人们要珍惜时光，好好生活。

后人在分析此诗时，无法对其创作的时间进行考证，也无法判断此诗真的是李贺做的一个梦，又或是李贺借梦境来写自己的一种幻想。因为李贺本就是想象力极为丰富之人，无论是梦境还是想象，都是符合他的人物特点的。

在诗中，李贺描写了自己在梦中游览月宫，见到了月宫的玉兔、仙女、宫殿，一切看起来都是那么宁静，仿佛时间静止了一般。然后他又从天宫之中看向人间，发现人间的一切都是那么渺小，时间飞快地流逝，一转眼便是沧海桑田。这令他十分感慨。

梦　天

老兔寒蟾泣天色，云楼半开壁斜白。
玉轮轧露湿团光，鸾佩相逢桂香陌。
黄尘清水三山下，更变千年如走马。
遥望齐州九点烟，一泓海水杯中泻。

幽冷的夜里，寒雨落下，好像月宫之中的老兔和寒蟾因天色而悲泣。云层在月色的映照之下惨白一片，仿佛海市蜃楼里的墙壁一般，门窗半开月光斜照粉壁。月亮散发着光晕，好像被露水打湿了一般。我在弥漫着桂花香气的月宫之中见到了身戴鸾佩的仙女。

我看到东海上的三座神山之下，千年之间沧海变化成桑田，桑田又变化成沧海，速度如急奔的骏马一般快。在月宫之中看九州，九州看起来不过是九个模糊的小点，在月宫之中看海水，海水看起来也只是像从杯中倒出来水一般浅浅的。

世间的事，是梦还是真？时间悄然而逝，恍惚之中，便是时隔经年。十年、二十年、几十年就那样悄悄地过去了，甚至没有留下什么痕迹。我们突然意识到自己老了时，失去的已经不仅仅是青春。

有生之年里，有人总是在担心，担心时间过得太快，还没尽享世间的美好就走到生命的尽头；担心时间过得太快，人已衰老时还有太多的愿望没实现；担心时间过得太快，还没来得及拥有一切便开始渐渐失去。最后，真的到了生命的最后一天，反而发现自己的人生都是忧虑，都是遗憾，没有体会过人生的快乐。

和天地比起来，人类的寿命是那么短暂，人的存在是那么渺小。长生不老只是不切实际的愿望，这世上不存在神仙，也没有可以让人青春永驻的仙丹和琼浆，再长寿的人也有离开人世的一天。一个人的力量再大，也无法强到改变整个世界、改变事情的发展、改变生命的进程。人生在世几十年，想要过得好，不留遗憾，只有认真对待每一天。与其患得患失，倒不如顺其自然。